ফাৰ্ষ্ট চেমিষ্টাৰ

কমিউনিটী চায়েন্স কলেজৰ

সন্দিপনি তাছা

ISBN 979-888546477-2

সদ্য প্ৰয়াত দেউতাৰ শ্ৰী চৰণত

আৰু

মাৰ কৰ কমলত

সপ্ৰেমে আৰু শ্ৰদ্ধাৰে.............

বিষয়বস্তু

ভূমিকা

জনা হোৱাৰ পৰাই ঘৰৰ অধিকাংশ ব্যক্তিয়েই সাধু আৰু কবিতাৰ সেতে পৰিচয় কৰাই দিছিল। শুনি ভাল লাগিছিল, ভাল লাগিছিল উপভোগ কৰি। চৰিত্ৰ সমূহৰ সেতে নিজকে ৰিজাই চাইছিলোঁ। সপোন দেখিছিলো চৰিত্ৰ সমূহৰ। দিন পাৰ হৈছিল আৰু অৱশেষত কিশোৰাৱস্থাত ভৰি দিলোঁ। সাধুৰ সলনি গল্পই স্থান ল'লে। কবিতাৰ সলনি কাব্যই। কবি নৱকান্ত বৰুৱা আৰু বিহগী কবিৰ শিশু কবিতাৰ স্থান কেতিয়া নিৰ্মল প্ৰভা বাইদেউ আৰু কবি সমীৰ তাঁতীৰ কবিতাই ল'লে গমেই নাপালোঁ।

বৰদেউতা ডিম্বেশ্বৰ তাছাৰ উৎসাহত ভ্ৰমণ কাহিনী লিখা আৰম্ভ কৰিলোঁ। ধীৰে ধীৰে ভ্ৰমণ কাহিনীয়ে কাহিনীৰ ৰূপ ল'লে আৰু কাহিনীয়ে চুটি গল্পৰ। তাৰ মাজতেই এদিন অসম কৃষি বিশ্ববিদ্যালয়ৰ অন্তৰ্গত সামূহিক বিজ্ঞান মহাবিদ্যালয়ত নামভৰ্তি কৰিলোঁ। প্ৰেম হোৱা নাছিল আৰু বৰ্তমানেও হোৱা নাই। যিহেতু অনুভৱ বিহীন গতিকে এক কাল্পনিক প্ৰেম কাহিনী লিখা আৰম্ভ কৰিলোঁ।

দিন বাঢ়ি যোৱাৰ লগে লগে কাহিনীৰ পৰিসৰো বাঢ়ি গৈ থাকিল। এডমিশ্যনৰ দিনৰ পৰা আৰম্ভ হোৱা কাহিনীয়ে এণ্ড টাৰ্ম পৰীক্ষাক অতিক্ৰম কৰি আগবাঢ়িল। কাহিনী সম্পূৰ্ণ কাল্পনিক। নাম, চৰিত্ৰ ইত্যাদিৰ মিল সংযোগ মাত্ৰ। অথবা যদি ক'ৰবাত কিবা মিল আছে সেয়াও অনাকাংক্ষিত। হয়তো কাহিনীভাগ আকৰ্ষণীয় নহবও পাৰে, অথবা হ'ব পাৰে কাহিনীভাগ আমনিদায়ক। লিখাত এতিয়াও পাকেত হোৱা নাই, এতিয়াও প্ৰশিক্ষণ গ্ৰহণ কৰি আছোঁ। পাঠক সকলেই প্ৰশিক্ষক, আপোনালোকৰ মন্তব্যই মোক অনাগত দিনৰ বাবে প্ৰেৰণা দিব, শিক্ষা দিব আৰু ভুল শুধৰণিৰ সুযোগ দিব।

বন্ধুবৰ্গ আৰু পৰিয়ালে উৎসাহ দি এই কিতাপখন প্ৰকাশৰ পথলৈ আগবঢ়াই দিয়াৰ বাবে তেওঁলোকৰ এই অৱদানৰ প্ৰতি কৃতজ্ঞ হৈ ৰলোঁ।

আশা কৰিছোঁ আপুনি পঢ়ি ভাল পালে আমাৰ লগতে আপোনাৰ বন্ধুবৰ্গৰ সেতেও কিতাপখনৰ বিষয়ে আলোচনা কৰিব। কিতাপ খন আপুনি হাতত তুলি লোৱাৰ বাবে অশেষ ধন্যবাদ!

- সন্দিপনি

Enter Caption

সমাগম

" তই sure তো? আমি গৈ একো নাপালে কিন্তু চাবি আকৌ!!", পাৰভেজে ফোনত মোক কলে। মই তাহাঁতক যোৱা কালি কনফাৰেন্স কলত বৰ্ণনা কৰা কথাখিনিক আৰম্ভণিৰে পৰা উপভোগ কৰিবলৈ সিহঁত আটাইকেইটা আজি আহিবলৈ সাজু হৈছে। মই ফোনৰ সংযোগ বিচ্ছিন্ন কৰি নিজৰ কামত ব্যস্ত হলো। সিহঁত আহি পাবলৈ এতিয়াও অলপ সময় আছেই!

টিং.... টং.... কলিঙ বেল বজাৰ শব্দ হল। ভাতৰ পাতৰ পৰা উঠি হাতখন বেচিনত ধুই দুৱাৰ খুলিবলৈ আগবাটি গলা। দৰ্জাৰ হেন্দেল পকাবলে লওঁতেই বেলটোৰে পুনৰ এবাৰ মাত দিলে। মই হেন্দেলত হেঁচা দি দুৱাৰ খন ঠেলি দিলোঁ, কোনো শব্দ নোহোৱাকৈ দুৱাৰখন খোল খাই গল। কলিং বেলৰ মাত শুনি ইতিমধ্যে মা ও ভিতৰৰ পৰা ওলাই আহিছিল।

" আৰে! পাৰভেজ, কাকু, নানু, ৰণী, পুটুকা, সবেই আহিছা দেখোন! এটাহে বাকী আছে, সি কত গল?", মায়ে সবকে অকস্মাতে অহা দেখি সুধিলে। " নাই, খুৰী তাৰ লগত কথা পাতিবলৈকে নহল! সি ফোন উঠালেহে!", ৰণীয়ে আমাৰ কবি চাহাবৰ সমন্ধে সুধা মাৰ প্ৰশ্নৰ উওৰত কলে। " আচ্ছা! এতিয়া কৰবালে ওলাই যাবা নে গেম খেলিবা?", মায়ে নিজৰ সন্দেহ প্ৰকট কৰিলে। আজিলৈকে আমাৰ সকলোবোৰ জমা হোৱাৰ পিছত সেই দুটা কাম হোৱাই মায়ে দেখিছে। " নাই, নাই খুৰী। কতো ওলাই যোৱা আৰু গেম খেলাৰ প্লেন নাই আজি। এই ই কিবা নতুন কিতাপ কেইথনমান আনিছে তাকে দেখাবলে মাতিছে।", পাৰভেজে মোলে আঙুলিয়াই কলে আৰু বাকীবোৰেও তাত হয়ভৰ দি মোৰ জোঁকাৰিলে। মাৰ যে তাৰ কথাত বিশ্বাস হোৱা নাই সেইয়া চেহেৰাৰ ভাৱ - ভংগিতেই ফুটি উঠা মই দেখিলোঁ, গতিকে কোনোবাই সঁচা কথাটো কৈ দিয়াৰ আগতে মই মাত লগোৱা প্ৰয়োজনীয় হৈ পৰিল। " আৰে মা, সেই অমিশ ত্ৰিপাঠীৰ নতুন কিতাপ কেইথন আনিছোঁ নঃ সেইদিনা! সেইকেইথনকে দেখুৱাবলে মাতিছিলো ইহঁতক। বাৰু ইহঁত মোৰ ৰুমতে থাকিব এতিয়া আৰু তোমাৰ কাম শেষ হলে যদি চাহ - তাহ দিয়া তাতে দিবাগে। এতিয়া তুমিও ভিতৰলে যোৱা আৰু তহঁতো মোৰ ৰুমলৈ বল!", মই মাক ভিতৰলৈ পঠাই ইহঁতক আনি মোৰ ৰুমত সুমুৱালোহি!

“ধৰ এই কেইথন!", মই কিতাপকেইথন তাহাতৰ মাজলে আগবঢ়াই দিলোঁ আৰু লগতে কলো, " মা আহিলে অলপ ভাও জুৰিবি আৰু! মাৰ নুখুৱাবি মোক!" সকলোৱে হাঁহি

নিজ নিজ হাতত একোখনকৈ কিতাপ তুলি ললে। " সেইবোৰ বাৰু ঠিকেই আছে। কিন্তু, তই কবি চাহাবৰ ডায়েৰী পালি কেনেকৈ? সিতো এইখন লুকুৱায়েই থৈ আৰু কেনেবাকৈ দেখিলেও সি থাপ মাৰি লুকুৱাই দিয়ে!", পুটুকাই ভয়ংকৰ কৌতুশলেৰে কথাষাৰ সুধিলে। মই তাৰ কৌতুশলৰ অন্ত পেলাবলৈ মই ডায়েৰী পোৰাৰ ঘটনাটোৰ বাখ্যা কৰিবলৈ আৰম্ভ কৰিলোঁ।

" আচলতে কালি সন্ধিয়া মই তাহাঁতৰ ঘৰলৈ গৈছিলো তাৰ কবিতাৰ ডায়েৰীখন আনিবলৈ। গৈ পাইছোঁহে তেতিয়াই মায়ে ফোন কৰিলেই উভতিবলৈ, ঘৰত হেনো ইনভাৰ্তাৰ বেয়া হল। মই উপায় নাপায় থৰধৰকৈ উভতি আহোঁতে তাৰ কবিতাৰ ডায়েৰীখনৰ ঠাইত সি এইখন ডায়েৰী দি দিলে! ঘৰত আহি দেখিছোঁ এইখন বেলেগেই!!", মই বিজয়সুচক হাঁহি এটাৰ সেতে কলো। মই কথা কৈ শেষ হওঁতেই মায়ে চাহৰ ট্ৰে খন কৈ সোমাই আহিল। সকলোৱে নিজৰ নিজৰ হাতত কিতাপ মেলিয়েই বহি আছিল, মায়ে সকলোকে তেনেদৰে বহি থকা দেখি হাঁহি এটা মাৰি ট্ৰে খন থৈ উভতি গল।

সকলোৱে একোটাকৈ চাহৰ কাপ লৈ মোলৈ উদ্দেশ্যি কলে, " আৰম্ভ কৰক চাহাব!", তাৰ সেতেই আৰম্ভ হল আমাৰ কবি চাহাবৰ ডায়েৰীৰ পাতৰ মাজে মাজে আমাৰ যাত্ৰা!

১

এডমিশ্যন

"৭৭.৬৭ লৈকে পাৰ্চেন্টেজ থকা খিনি আহাঁ।", মাইকত পুনৰ ঘোষণা কৰা হল। ফাইলটো হাতত আছে। দৰকাৰী বস্তুবোৰ আছে নাই এবাৰ খুচৰি চালোঁ। সব ঠিকেই আছে। থিয় হৈ এঙামুৰি এটা দি যাবলৈ সাজু হলো। তিনি ঘন্টাৰ বহি থকাৰ পিছত হাত ভৰি জঠৰ হৈ যোৱা যেন লাগিছিল।

পিছলৈ ঘুৰি চালোঁ, মোৰ সমান পাৰ্চেন্টেজ থকা অন্যান্য সকলো সন্মুখৰ টেবুল খনৰ ওচৰলৈ আহিবলৈ সাজু হৈছে। আৰু বাকী থকা সকলৰ মুখমণ্ডলত জিলিকি আছে চিটৰ ভাৰে থকা অধীৰ অপেক্ষাৰ ভাৱনা। একেবাৰে সন্মুখত থকা আসনত বহিবলৈ ঘোষকে ইংগিত দিলে। বহি পৰিলোঁ। ধীৰে ধীৰে আসন ভৰি যাবলৈ ধৰিছে।

"কলেজ অৱ কমিউনিটি চায়েন্স, ফুড চায়েন্স এণ্ড নিউট্রিশ্যন আৰু কলেজ অৱ এগ্ৰিকালচাৰত চিট খালী আছে ৭৭.৬৭ পাৰ্চেন্টেজলৈকে ইন্টাৰেষ্ট থকা ছাত্ৰ - ছাত্ৰীসকল আহিব পাৰে।", পুনৰ ঘোষণা কৰা হল। দুখ লাগিল , কিন্তু চিটৰ পৰা উঠি নগলো। থিৰাং কৰি থৈছিলো এইখন ইউনিভাৰ্ছিটিতে পঢ়িম লাগিলে যিয়েই হওঁক। কিন্তু বাকী সকলে হয়তো অন্য কিবা ঠিৰাং কৰি থৈছিল। দুজনমানে নিজৰ আসন এৰি থৈ আঁতৰি গল।

মই তৃতীয় স্থানত আছিলোঁ। প্ৰথম দুজন ইতিমধ্যে আগবাঢ়ি গেছে। মই মোৰ পাল অহালৈ অপেক্ষাৰত। ঘোষকে মাইক পুনৰ হাতত ললে। " কলেজ অৱ এগ্ৰিকালচাৰত এখন আসন, কলেজ অৱ কমিউনিটি চায়েন্সত ৭ খন আসন আৰু ফুড চায়েন্স এণ্ড নিউট্রিশ্যনত ৯ খন আসন বাকী আছে।", ঘোষণা কৰা হৈ গল। দুজনমান আৰু নিজ আসনৰ পৰা আঁতৰি গল।

"তুমি আহাঁ।", টেবুলত বহি থকা এজনে মোক মাতিলে। মই আগবাঢ়ি গৈ তেওঁৰ সন্মুখত আসন গ্ৰহণ কৰিলোঁ। "এটা চিট এগ্ৰিকালচাৰ, ৭ টা কমিউনিটি চায়েঞ্চ আৰু ৯ টা চিট এফ এন ডিত আছে। কত এডমিচন লবা?", তাত বহি থকা চাৰ এজনে সুধিলে।

"কত লৈলে ভাল হব চাৰ?", মই বিবুদ্ধিত পৰি চাৰ জনক সুধিলো। "তুমি ....!!", চাৰে কিবা এটা কবলৈ লৈছিলহে এনেতে পিছফালৰ এক নাৰীকন্ঠই মাত লগালে," চাৰ, মোৰ এডমিশ্যনটো বেলেগ এখন কলেজলৈ ট্ৰান্সফাৰ কৰি দিয়কচোন!!"

মোৰ প্ৰশ্নৰ উত্তৰ দিবলৈ বাদ দি চাৰে তাইক সুধিলে, "কিয়? এবাৰতে দিছিছন লব নোৱাৰা নেকি? চাওঁ ৰিচিভ খন দিয়া!" "এইখন চাৰ!", তাই ৰিচিভ খন চাৰলৈ বুলি আগবঢ়াই দিলে। "কমিউনিটী চায়েন্স, এফ এন্ ডীত হে চিট খালী আছে! কত লবা?", চাৰে কম্পিউটাৰত কিবা চেক কৰি লৈ কলে। মই মাজতে এইবাৰ মাত লগালোঁ। "চাৰ, মই কোনখন কলেজত লৈলে ভাল হব?", মই সুধিলো। "যি খন কলেজ ভাল লাগে তাতেই লোৱা!", চাৰে উত্তৰ দিলে। "তুমিও কমিউনিটী চায়েন্স কলেজতে লোৱা! বাকী কেইখনতকৈ তাত ভাল স্কপ আছে। চাবজেক্টো অলপ আছে বেছি।", নাৰিকন্ঠই মাজতে মোক উদ্দেশ্য কৰি কথাষাৰ কলে। "চাৰ মোৰ এডমিশ্যনটো কমিউনিটি চায়েঞ্চলৈকে ট্ৰানফ্ছাৰ কৰি দিয়ক!", তাই পিছমূহূৰ্ততে ছাৰক উদেশ্যি কলে। "চ্যৰ হয়তো, মই আকৌ সলাই নিদিওঁ আকৌ।", চাৰে তাইক উদ্দেশ্যি কলে।

মই উভতি চালোঁ। মোৰ ঠিক পিছফালেই তাই থিয় হৈ আছিল গেৰুৱা চুৰিদাৰ আৰু ৰঙা চুনীৰ সৈতে। বগা গাল দুখন ৰঙা পৰি আছিল। কেইডালমান চুলি গালত লাগি ধৰিছিল আৰু কেইডালমান চুলিয়ে ফেনৰ মৃদু বতাহত লৰ - চৰ কৰি আছিল। কপালত দেখা গৈছিল বিন্দু বিন্দু ঘাম। মোৰ শান্ত মন অশান্ত হবলৈ আৰম্ভ কৰিছিল। ধক.. ধক..কৈ স্পন্দিত হৈ থকা হৃদয়ৰ স্পন্দনৰ গতি হঠাৎ বৃদ্ধি পাইছিল।

"হাই!! পেন টো দিবা নেকি অলপ? মই ছাইন এটা কৰিয়েই ঘূৰাই দি আছোঁ।", তাই হঠাৎ কোৱা কথাষাৰত মোৰ তন্দ্ৰা ভাগিল। লাজতে তাইৰ মুখৰ পৰা চকু আঁতৰাই আনি তললৈ মূৰ কৰিলোঁ। তাইলৈ নুচোৱাকৈ পিছফালে কলমটো তাইৰ হাতত দিলোঁ। তাই হাউলি আহিল মোৰ কাষলৈ কাগজ এখনত চহী কৰিলে আৰু চাৰলৈ কাগজ খন আগবঢ়াই দিলে। চাৰেও নতুনকৈ ৰিচিভ এখন প্ৰিন্ট কৰি উলিয়াই তাইলৈ আগবঢ়াই দিলে। তাই কলমটো মোক উভতাই দিলে আৰু আঁতৰি যাওঁতে কলে," থেংকচ হা! তোমাক কমিউনিটী চায়েন্স কলেজত লগ পাম বুলি আশা কৰিলোঁ। " কথাষাৰ কৈয়েই তাই তড়িৎ গতিত ঠাইৰ পৰা আঁতৰ হৈ অন্য এক ঠাইত আসন ললেগে। মই অবাক হৈ তাইলৈ চাই ৰলোঁ।

"হেৰা, এইফালে চোৱা!", চাৰে মোক উদ্দেশ্যি কলে। মই ছাৰলৈ উভতি চালোঁ। "এনেইতো ছেৰিকালচাৰ, কমিউনিটি, এফ এন ডি সৱেই ভাল। কমিউনিটিত খালী অপচ্যন অলপ বেছি পাবা। এতিয়া কোৱা কি লবা!", চাৰে মোৰ প্ৰশ্নটোৰ উত্তৰ দি কথাষাৰ কৈছিল। মোৰ মগজুত তেতিয়া এক বেলেগ চিন্তাই বাহ লৈছিল।"চাৰ, কমিউনিটি চায়েঞ্চতে লম।", মই উত্তৰ দিলো। "একদম ফাইনেলী কোৱা! মই আকৌ এবাৰ আহিলে আকৌ শুধৰাই নিদিওঁ আকৌ।", "চাৰ কমিউনিটি চায়েঞ্চতে লম।"

চাৰে আৰু একো নুসুধিলে। মোৰ চাৰ্টিফিকেট কেইখন এবাৰ কম্পিউটাৰৰ সেতে মিলাই চাই মোক কাগজ এখিলাত চহী কৰিবলৈ দিলে। তাৰ পিছত ৰীচিভ এখন প্ৰিন্ট কৰি মোৰ হাতত দিলে। এখন এখন কৈ টেবুল পাৰ কৰি মই যেতিয়া স্টেজত প্ৰবেশ কৰিলোঁ তাইক তেতিয়া কমিউনিটি চায়েঞ্চ কলেজৰ ডীন মেডামে কিবা প্ৰশ্ন কৰি আছিল। মোক কাষৰ চকী খনতে ডীন মেডামে বহিবলৈ ইংগিত দিলে। প্ৰক্ৰিয়া চলি থাকিল। তাইৰ পিছে পিছে মই। এটা সময়ত দুয়ো এডমিশ্যনৰ প্ৰক্ৰিয়া সমাপ্ত কৰি বাহিৰলৈ ওলাই আহিলো।

"কংগ্ৰসুলেছন!!", তাই বাহিৰত আহি মোক হেণ্ডছেকৰ বাবে হাতখন আগবঢ়াই দি কলে। "থেংকছ, তোমালোকো কংগ্ৰসুলেছন!", মই হেণ্ডছেক কৰি প্ৰত্যুত্তৰত কথাষাৰ কলোঁ। " বেয়া নোপোৱা যদি মোৰ লগত বলাচোন কিবা থাওঁ ! মোৰ বহুত ভোক লাগিছে।", তাই নিজৰ পেটত হাতখন ৰাখি ভোক লগাৰ ভাও দি কলে। "আৰে বেয়া কিয় পাম! বলা কেন্টিন যাওঁ ! মোৰো ভোক লাগিছে।"

দুয়ো লাইব্ৰেৰীৰ সন্মুখেদি খোজ কাটি আগবাটিলো কেন্টিন অভিমুখে। কোনো পৰিচয় অবিহনে দুয়ো কথা পাতি পাতি খোজ দিছিলোঁ এক নতুন জীৱনৰ অভিমুখে। দুয়োৰে প্ৰবেশ ঘটিছিল এক নতুন কলেজত এক নতুন অধ্যায়ৰ সেতে। মোৰ ক্ষেত্ৰত তাৰ অতিৰিক্ত ভাৱে এক অধ্যায় সংযুক্ত হবলৈ আগবাটিছিল। এডমিশ্যন হৈছিল তিনিটা ক্ষেত্ৰত একোটা সময়তে একেলগে ভিন ভিন উদ্দেশ্যৰ সেতে।

2

ফাউণ্ডেচন ডে'

বন্ধুত্বৰ সম্বন্ধ অথবা ফ্ৰেণ্ডশিপ কেতিয়াও ভাবি চিন্তি কৰা নহয়। যেতিয়াই যাৰ লগতেই এই সম্বন্ধ স্থাপন হবলগীয়া থাকে তেতিয়া স্বয়ংক্ৰিয়ভাৱেৰেই স্থাপিত হৈ যায়। মোৰ তেতিয়ালেকে যিমান বন্ধু গোট খাইছিল সকলো আকস্মিকভাৱেৰেই গোট খাইছিল। কোনো অনুষ্ঠান পাতি বা এক সুদীৰ্ঘ সময় ধৰি চিন্তা কৰি মই কাৰো সেতে বন্ধুত্ব কৰা নাই। আৰু সৰহসংখ্যকেই বন্ধুত্ব আকস্মিক ভাৱেৰেই হয়।

এনেই কবলৈ অথবা দেখুৱাবলৈ মোৰ ফ্ৰেণ্ড যথেষ্ট আছে। মোৰ স্কুল ফ্ৰেণ্ডৰ পৰা আৰম্ভ কৰি জে বি কলেজত লগ পোৱা সকললৈকে। কিন্তু এই ইউনিভাৰ্ছিতিত আজি এই মুহূৰ্তত মোৰ লগত মাথোঁ এজনেই উপস্থিত আছে "স্বপ্নিল"। মোৰ হায়াৰ চেকেণ্ডেৰী কালৰ ভাতৃ প্ৰতীম বন্ধু। কমিউনিটি চায়েন্স কলেজত আৰু এজন জে বি কলেজীয়া বন্ধু আছে যদিও সি সেইদিনা এবছেন্ট।

অডিটোৰিয়ামৰ সন্মুখাংশৰ বেছিভাগ আসনেই থালী। কাউন্সেলিঙৰ দুয়োটা দিন ধৰি আজি অডিটোৰিয়ামত মোৰ তৃতীয় দিন। কাউন্সেলিঙৰ সময়ত বহা ঠাই টুকুৰা বিচাৰি উলিয়ালো। মটীয়া কভাৰ লগোৱা আসনখনত বহি পৰিলোঁ। পিঠিত উলমি থকা বেগটোৰে মোৰ কাষৰ আসনখন দখল কৰিলে। চিনাকি মুখৰ ভিতৰত স্বপ্নিল আৰু মই। দ্বিতীয়, তৃতীয় এগৰাকীকো আমি চিনি পোৱা নাই।

সিদিনাখন তাইক দেখাৰ পৰায়েই মুখখন পাহৰিব পৰা নাই। পিছলৈ ঘূৰি চাই ভিৰৰ মাজত তাইৰ মুখখন বিচাৰি চলাথ কৰিলোঁ। নাই! তাই চাগে অহাই নাই! মনটো অলপ দুখ লাগিল। একো নাই!! মনক সান্ত্বনা দি আগলে মুখ ঘুৱালো। স্বপ্নিল কাষতে বহি ভিডিও গেম খেলাত ব্যস্ত। পাবজীয়ে ভালকৈয়ে মূৰত ধৰিছে।

আজি কমিউনিটি চায়েঞ্চ কলেজৰ ফাউণ্ডেচন ডে। ৪৬ তম ফাউণ্ডেচন ডে। স্টেজ সতেজ ফুলেৰে সজাই তোলা হৈছে। সজোৱাৰ ধৰণ সৰল অথচ সুন্দৰ। পিছফালে এখন ডাঙৰ বেনাৰত লিখি থোৱা আছে 46থ ফাউণ্ডেচন ডে, কলেজ অৱ কমিউনিটি

চায়েন্স। লেকচাৰ ষ্টেজও , দাইচ সকলো সাজু অপেক্ষা মাথোঁ ডিন, ভাইচ চেঞ্চেলৰ আৰু উপায়ুক্তৰ আগমনলৈ।

"হেল্লো", কোনোবাই মোক মাত দিলে। ষ্টেজৰ পৰা চকু ঘূৰাই আনিলো শব্দৰ উৎসৰ দিশে। তাই ৰৈ আছিল কাষত। মই একো নোকোৱাকৈ চাই থকা দেখি তাই মোৰ কাষৰ চিটলৈ আঙুলিয়াই প্ৰশ্নবোধক চাৱনিৰে মোলৈ চালে। তাই চিটত কোনোবা আছে নেকি বুলি নিশব্দে মাথোঁ চাৱনিৰে কৰা প্ৰশ্নৰ উত্তৰ মইও মাথোঁ মূৰ জোঁকাৰিয়েই দিলোঁ। মই মোৰ বেগটো চিটৰ পৰা আঁতৰাই আনিলো আৰু তাই মোৰ কাষৰ আসনত বহি পৰিল।

" হোষ্টেল ললা নেকি?", তাই বহি লৈ সুধিলে। "নাই লোৱা। তুমি?", প্ৰত্যুত্তৰত মই কলো। "সিদিনা থনেই ললো। হোষ্টেল নাম্বাৰ ১২। তুমি কিয় লোৱা নাই?", তাই একে উশাহতে উত্তৰ দি আকৌ প্ৰশ্নও সুধি দিলে। "নাই ! মোৰ ঘৰ যোৰহাটতে । ইউনিভাৰচিটিৰ পৰা বৰ বেছি দূৰ নহয় । ", মই কলো। "ও, লাকী পাৰ্চন। আমাৰ হে দিগদাৰ।", উৎসাহ আৰু দুখৰ ভাৱনা তাই মিহলাই দি ইমান সোনকালে কথাষাৰ কলে মই বুজিবলৈ অলপ দেৰি তেনেকৈয়ে বহি থাকিলো মনে মনে।

"তোমাৰ আৰু বেলেগ কোনো ফ্ৰেন্দে জইন কৰা নাই? নে কৰিছে?", তাই যেন মনে মনে নাথাকিবই!! মই স্বপ্নিললৈ আঙুলিয়ালো। সি তেতিয়াও গেমত ব্যস্ত। তাইৰ ইংগিতত তাক মাতি দিলোঁ। দুয়ো চিনাকি হৈছিল হে এনেতে উপায়ুক্ত সহিতে ডিন আৰু ভাইচ চেঞ্চেলৰৰ প্ৰবেশ ঘটিল। সকলোৱে থিয় হৈ সন্মান জনালে। স্কুলীয়া জীৱনৰ অন্ত পৰাৰ পিছত প্ৰতিষ্ঠানৰ শীৰ্ষ ব্যক্তিক সন্মান জনাই দুই বছৰৰ পিছত প্ৰথম থিয় হৈছোঁ। সকলো অতিথিয়ে নিজ নিজ আসন গ্ৰহণ কৰিলে।

এংকৰে অনুষ্ঠানৰ আৰম্ভনি ঘোষণা কৰিলে অতিথিৰ বন্তি প্ৰজ্বলনৰ দ্বাৰা। অনুষ্ঠান চলি গল। এজনৰ পিছত ইজনে ভাষণ প্ৰদান কৰি গল। কিন্তু ভাইচ চেঞ্চেলৰ আৰু উপায়ুক্তক বাদ দি কোনেও নিজ নিজ ভাষণত অসমীয়া ভাষাৰ ব্যৱহাৰ নকৰিলে। উপায়ুক্ত যদিও তেলুগু ভাষী আছিল তথাপিও শুদ্ধ অসমীয়াত এক সুন্দৰ ভাষণ আগবঢ়ালে আমালৈ বুলি। ভাষণটি সমৃদ্ধ হৈ আছিল তেওঁৰ জীৱনৰ অভিজ্ঞতাৰ সৈতে। ছাত্ৰ - ছাত্ৰীৰ শান্ত সহযোগৰ সৈতে অনুষ্ঠানৰ এটা সময়ত সামৰণি পৰিল। এংকৰে শলাগৰ শৰাইৰ সামৰণি মাৰিলে এক সংস্কৃত শ্লোকেৰে,"ওঁম সৰ্বে ভৱন্তো সুখিনঃ । সৰ্বে সন্তো নিৰামযা: । সৰ্বে ভদ্ৰানি পশ্যন্তো। মা কশ্চিদ দুখ: ভাগ্যম ভৱেত:।"

অনুষ্ঠানৰ গোটেই সময়চোৱা তাই নিশব্দে থাকিল। কিন্তু অনুষ্ঠান শেষ হোৱাৰ লগে লগেই কলেজত ব্যৱস্থা কৰা লাঞ্চলৈ যাবলৈ তত নাইকীয়া কৰি তুলিলে। তাই মোৰ ওপৰত অধিকাৰ এনে ভাৱে থটোৱাবলৈ আৰম্ভ কৰিছিল যেন মই তাইৰ সৰুৰে পৰাই বন্ধু। কিন্তু আমি এতিয়ালেকে বন্ধু হোৱা নাছিলো।

"তুমি বাকী খিনি ছোৱালীৰ লগত নোযোৱা?", স্বপ্নিলে এই ৩-৪ ঘন্টাৰ অন্তত মাত দিলে। তাই একো নকলে মাথোঁ মূৰ জোঁকাৰিলে আৰু আমাৰ সৈতে খৰ খেজে

আগবাঢ়িল কলেজ অভিমুখে। ৰাতিপুৱা উত্তোলন কৰা পতাকা খন এতিয়াও উৰি আছিল কলেজৰ চৌহদত। সুদৃশ্য কলেজ খনলৈ মাথোঁ সোমাই যোৱা ৰাস্তাটিৰ নিৰ্মাণ এতিয়াও সম্পূৰ্ণ হোৱা নাছিল।

প্ৰফেচৰ সকলে পেকেট লাঞ্চ বিলাই আছিল। আমি নিজ নিজ পেকেট লানচ লৈ আগবাঢ়িলো ক্লাছৰুম বিচাৰি। সকলো ৰুম লক কৰি থোৱা আছিল। প্ৰায় ১০ মিনিট মান সময় খৰচ কৰাৰ অন্তত এটা ক্লাছৰুম বিচাৰি পালোঁ। সোমায়েই বহি পৰিলোঁ। ৯ বজাৰ পৰা খালী হৈ থকা পেটে এতিয়া আৰু ৰব পৰা নাছিল। তিনিও ব্যস্ত নিজ নিজ পেকেটৰ সেতে।

ৰাতিপুৱা কথাৰ অন্ত নপৰা ছোৱালীজনী মোৰ কাষত যোৱা ৩-৪ ঘন্টা ধৰি নিশব্দে আছে। "কি হল? কথা শেষ হৈ গল নেকি তোমাৰ?", মই এইবাৰ তাইক সুধিলো, থোৱাৰ মাজতে। "নাই, কথা আছে। কিন্তু আমনি পাবা বুলি কোৱা নাই।", তাই অসম্ভৱ শান্ত হৈ উত্তৰ দিলে। "নাই , নাই ! কিয় আমনি পাম আকৌ? কিয় হয় নাই স্বপ্নিল?", মই উত্তৰ দিয়াৰ লগতে স্বপ্নিলৰ পৰাও সহযোগ বিচাৰি প্ৰশ্ন কৰিলোঁ। কিন্তু সি বিগত দুই বছৰে কৰাৰ দৰে এই মূহুৰ্তটো হাঁহি এটাৰে মোৰ প্ৰশ্নটিৰ সামৰণি মাৰি থলে। তাইৰ ওঁঠত এটি মিচিকিয়া হাঁহি জিলিকি উঠিল।

অৱশ্যে অকল হাঁহিহে জিলিকিল। কথা বন্ধ হৈয়েই থাকিল। আমি ওলাই আহিলো কলেজৰ পৰা। কলেজৰ আমাৰ বেটছৰ ছোৱালী কেইজনী একাষে আছিল আৰু তাই আনকাষে আমাৰ সেতে। কলেজৰ গেট পাইছোঁ হী। স্বপ্নিল আৰু মই তাইতকৈ দুইখোজ মান আগুৱাই আছোঁ। "সন্দীপ, শুনা!", মই ৰৈ গলোঁ তাইৰ মাতত। তাই মোৰ ওচৰত আহি কলে," তোমাৰ ফোনটো অলপ দিয়াচোন কল এটা কৰিব লাগে! মোৰ ফোনটো ৰুমত আছে।" মই ফোনটো আগবঢ়াই দিলোঁ। তাই নম্বৰ এটা ডায়েল কৰিলে আৰু লগে লগে কলটো কাটি দিলে। আৰু তাৰ লগে লগেই কলে," এইটো মোৰ নম্বৰ । মন গলে ছেভ কৰি লবা। চিধা ছিধা ফোন নম্বৰ বিচাৰিবলৈ মন যোৱা নাছিল সেইকাৰণে এনেকেয়ে তোমাৰ নম্বৰটো ললো।"

ইফালে স্বপ্নিল অলপ আঁতৰত ৰৈ গৈছিল। " মোৰ ফ্ৰেন্দ হবা?", তাই হেণ্ডচেক কৰাৰ ভংগিমাত মোলৈ হাতখন আগবঢ়াই দি সুধিলে। অৱশ্যে তাতেই তাই নৰল। তাই কৈ গল," আচলতে মই ইয়াত কাকোৱেই চিনি নাপাও। অকল তোমাক সিদিনা এডমিশ্যনত লগ পোৱা কাৰণে চিনি পাওঁ। হোষ্টেলতু মোৰ ভালকৈ কাৰো লগত চিনাকি হোৱা নাই। মানে মোৰ লগত কাৰো কথা মিলা নাই। অকল তোমাৰ লগতে ইমান খিনি কথা পতা হৈছে। সেইকাৰণে কৈছোঁ, মোৰ ফ্ৰেন্দ হবা?", মই মোৰ হাতখন আগবঢ়াই দি হেণ্ডচেক সম্পূৰ্ণ কৰিলোঁ। তাই হাঁহি এটা মাৰি দীঘলীয়া এটা বাই বাই দি আগবাঢ়িল তাইৰ হোষ্টেল লৈ।

আৰু মই মোৰ বন্ধুৰ তালিকাত এক নতুন বন্ধুৰ নাম অন্তৰ্ভুক্ত কৰি আগবাঢ়িলো। প্ৰথমতে কোৱাৰ দৰেই নভবাকৈ বন্ধুত্ব স্থাপন হৈছিল , স্বয়ংক্ৰিয় ভাৱে। কোনো ভাল

পৰিচয় অবিহনে। মাথোঁ নাম আৰু কথা - বাৰ্তাৰ জৰিয়তে এক নতুন বন্ধুৰে মোৰ হৃদয়ৰ আৰু এটা চুক ভৰাই তুলিছিল কমিউনিটি চায়েন্স কলেজৰ ফাউণ্ডেচন ডে'ৰ দিনটোত।

• 9 •

পৰিচয় অবিহনে। মাথোঁ নাম আৰু কথা - বাৰ্তাৰ জৰিয়তে এক নতুন বন্ধুৰে মোৰ হৃদয়ৰ আৰু এটা চুক ভৰাই তুলিছিল কমিউনিটি চায়েন্স কলেজৰ ফাউণ্ডেচন ডে'ৰ দিনটোত।

3

ফার্ষ্ট ডে' অৱ ক্লাছ

কালি ফাউণ্ডেশ্যন ডে পাৰ হৈ গৈছে। আজিৰ পৰা আমাৰ ক্লাছ আৰম্ভ হব। গাড়ীৰ পৰা নামি কলেজলৈ বুলি খোজ আগবঢ়ালো। ৰাতিপুৱা আঠ বাজি পঞ্চাছ মিনিট পাৰ হৈছে। কলেজৰ বিল্ডিংলৈকে সোমাই যোৱা ৰাস্তাটো মাথোঁ পেভাৰ ব্লক পাৰি থোৱা হৈছে। স্থায়ী ৰাস্তাৰ নির্মাণকার্য এতিয়াও চলি আছে। কলেজৰ দুটা পাল্লা থকা দুৱাৰখনৰ এটা পাল্লা খোলা আছে। মই পেভাৰ ব্লকৰ ৰাস্তাটি অতিক্রম কৰি কলেজৰ ভিতৰলৈ সোমাই গলো।

আজি কিবা এক অবুজ ধৰণৰ অনুভৱ হৈ আছে যাক শব্দৰে বুজাব নোৱাৰি। ভয়ো নহয় আৰু নার্ভাচো হোৱা নাই কিন্তু কিবা এক অবুজ অনুভৱ। নটিছ বোর্ড খনৰ ওচৰত ৰলোঁগৈ। একো দৰকাৰী তথ্য নাই। ক্লাছ কত হব তাৰো কোনো উল্লেখ নাই। কাৰোবাক সুধিব লাগিব! কথাটো ভাবোতেই কাষৰ ৰুমটোৰ পৰা মেডাম এগৰাকী ওলাই আহিল। আহিয়েই তেওঁ মোক দেখি সুধিলে," তুমি ফার্ষ্ট ইয়েৰৰ নেকি?" মই উত্তৰত সহঁৰি জনাই মোৰ জোঁকাৰিলো। "তোমালোকৰ ক্লাছ ফার্ষ্ট ফ্লৰত আছে। ওপৰলৈ যোৱা।", মেডামে মোক উদ্দেশ্যি কলে। মই "থেংক ইয়ো মেডাম!", বুলি কৈ ক্লাছৰুম বিচাৰি ওপৰলৈ চিৰিৰে আগবাড়িলো।

"টেক্সটাইল চায়েন্স এণ্ড ডিজাইনিং"ৰ ডীপার্টমেন্ট পাৰ হলো। ফার্ষ্ট ফ্লৰ "ফেমিলি ৰিছর্চ মেনেজমেন্ট এণ্ড কনজ্যুমাৰ চায়েন্স"ৰ ডীপার্টমেন্ট। তাৰ বিপৰীত দিশে খোজ দিলোঁ। এটা ডাঙৰ হল তাৰ দুৱাৰমুখতে লগাই থোৱা আছে "ক্লাছ ৰুম ফার্ষ্ট ইয়েৰ"। সোমাই গলো। খালী হৈ আছে প্ৰায় ৰুমটো। এজন দুজনকৈ ছাত্ৰ - ছাত্ৰী আহি আছে, যেনেকৈ মই এতিয়া আহি সোমালোহি। আগৰ কলেজ কেইখনৰ দৰে ইয়াত ডেস্ক- বেঞ্চৰ ব্যৱস্থা নাই। লিখাৰ সুবিধাৰ বাবে প্ৰত্যেক খন চকীতে বর্ড একোখন সংলগ্ন হৈ আছে। প্ৰথমৰ পৰা ছয় নম্বৰ শাৰীটোত বহি পৰিলোঁ।

কোনো আহি পোৱা নাই। স্বপ্নিল, জুপল কোনো নাই আনকি নতুন বান্ধৱী ও আহি পোৱাহি নাই। মই মবাইলকে উলিয়াই খুঁচৰি আছোঁ।বেগ কাষৰ চকীখনত থৈ দিয়া আছে। সময় আগবাটিছে লাহে লাহে ৰূমটো ভৰি আহিছে। মোৰ কাষৰ চিট কেইটা মই স্বপ্নিলহঁতলৈ বুলি থৈ দিছোঁ।

"ঐ, মই ইয়াত বহিব পাৰিম নে?", তাই আকৌ পিছফালৰ পৰাই মাত লগালে আগৰ কেইবাৰৰ দৰেই। মই বেগ আঁতৰাই দিলোঁ। তাই বহি পৰিল। এতিয়াও হয়তো কোনো বেলেগ ছোৱালীৰ সৈতে ভালকৈ ফ্ৰেণ্ডশ্বিপ কৰাই নাই! কালেকো চোৱা নাই তাই। বেগৰ পৰা মোবাইলটো উলিয়াই বেগ চিটৰ কাষৰ মজিয়াতে থলে। তাৰ পিছত মোৈলে চালে। এতিয়া কথা আৰম্ভ কৰিব।

মোৰ অনুমান ঠিকেই আছিল। তাই কথা আৰম্ভ কৰিলে। ৰেগিঙ হৈছে হোষ্টেলত। তাই ৰেগিঙৰ পৰাই কথা আৰম্ভ কৰিলে। V টাইপ ভাঁজ কৰি লে চুৰ্নি খন লবলৈ দিছে। তাই নিজৰ চূৰ্ণী লৈ আঙুলিয়াই দেখুৱাই কে গল। ৰাতি ৰাতি mass introduction হৈছে। তাহাতে শুবলেকো সময় পোৱা নাই। মাজতে চকু যুৰি দেখুৱাই কনফাৰ্মেচন লৈ ললে, কেনেবাকে নুশুৱাকে থকাৰ কাৰণে চকুৰ গুৰি কলা পৰি যোৱা নাইতো!! মোৰ মুখৰ পৰা নাই ! শব্দটো শুনি হে শান্তি।

"কি ভাই! ইমান সোনকালে আহিলা নে?", স্বপ্নিলে ও পিছফালৰ পৰাই কান্ধত হাতখন থৈ সুধিলে। তাই কথা কোৱা বন্ধ কৰিলে। "এ: , নকবা আৰু!!", মই উওৰটো দিওঁ মানে সি বহিলহি। তাই স্বপ্নিলক দেখি হাতখন দাঙিলে আৰু তাইৰ প্ৰত্যুওৰত সিও হাতখন দাঙিলে। হয়তো আজি কালি হাই- হেল্ল কৰাৰ এইয়া নতুন ষ্টাইল। দুটাৰ মাজত চলি থকা কথা এতিয়া তিনিটাৰ মাজত চলিবলৈ ধৰিলে।"গোঁ ... গোঁ উ উ উ...গোঁ উ উ উ উ....", পকেটত মোৰ মোবাইলফোনটোৰে ভাইব্ৰেট কৰিছে।

ফোনটো পকেটৰ পৰা উলিয়াই চালোঁ। স্ক্রীনত জুপলৰ নামটো জিলিকি আছে। ৰিচিৰ কৰিলোঁ। " তুমি পালাহি নে কি?", সি সুধিলে। "অ পালোহি , কেতিয়াবাই!", মই উওৰ দিলোঁ। "কত আছা?", সি আকৌ সুধিলে। মই পিছলে ঘূৰি চালোঁ, সি দুৱাৰমুখ পাইছিল হি। মই হাতখন দাঙি দিলোঁ আৰু ফোনত কলো," এইফালে!" সি দেখা পাই সোমাই আহিল। স্বপ্নীলৰ কাষৰ ছিটটো থালী আছিল। সি তাতে বহিলহি। আলোচনাত চতুৰ্থ এজনে যোগদান কৰিলে। অৱশ্যে এইবাৰ তাইৰ আৰু জুপলৰ চা - চিনাকিৰে আৰম্ভ হল আলোচনা।

আলোচনাই গতি লৈছিল হে এনেতে প্ৰফেচৰ এগৰাকী গম্ভীৰ খোজেৰে সোমাই আহিল। টেবুলৰ ওচৰলৈ গল আৰু টেবুলৰ লগতে থকা চকীখনত বহি পৰিল। তাৰ পিছত সুধিলে," ছেকেও কাউঞ্চেলিঙত কোন কোন আহিচা? হাত কেইখন দাঙি দিয়াচোন।" মেডামে কবলৈ হে পালে। লগে লগে অধিকাংশ হাত বতাহত জিলিকি উঠিল। "অ, অ, ঠিকেই আছে! এতিয়া তোমালোকৰ নামবোৰ কোৱাচোন এজন এজনকে!", মেডামে পুনৰ কলে। এইবাৰ পৰিচয় প্ৰক্ৰিয়া আৰম্ভ হল। যেতিয়া এই

প্রক্রিয়া শেষ হল তেতিয়া ক্লাছৰো সমাপ্তি ঘটিল। মেডাম ওলাই গল।

দ্বিতীয় ক্লাচতো একেই ঘটনাৰেই পুনৰাবৃত্তি হল। কিন্তু এই দুই ঘন্টা সময় তাই সম্পূর্ণ নীৰৱে কটালে। তাইৰ শৃংখলাবদ্ধতাৰ মই এই প্রথম প্রমাণ পালোঁ। ক্লাছ শেষ হল। সকলো ওলাই আহিবলৈ সাজু হৈছে। মইও মোৰ বেগ সামৰি সাজু। "এতিয়া কত যাবা?", তাই সুধিলে। "ঘৰলৈ আকৌ!", মই উত্তৰ দিয়াৰ আগতেই জুপলে উত্তৰ দিলেই।

"বলা না কেন্টিন যাওঁ!", তাই প্রস্তাৱ দিলে। মইও প্রস্তাৱত সমর্থন দিলোঁ। এজন খাদ্যৰসিক হিচাপে এনে প্রস্তাৱক সমর্থন কৰাক অৱশ্যে, মই মোৰ নৈতিক দ্বায়িত্ব বুলিয়েই ভাবোঁ। স্বপ্নিলে একো নকলে। জুপলেও অৱশেষত কলে," বলা!"

চাৰিও আগবাটিলো কেন্টিনলৈ। বাটত অজস্র কথা। আমি সশব্দে আগবাটিছিলোঁ। তাইৰ কথা শেষ হোৱাই নাছিল। মাজে মাজে জিলিকি উঠিছিল হাঁহিৰ এটা দুটা টুকুৰা। আৰু হাঁহিৰ সৈতে তাইৰ ওঁঠৰ কোণত জিলিকা দিম্পল কেইটাই সেই মূহর্তত তাইক আৰু ধুনীয়া কৰি তুলিছিল। কলেজৰ প্রথম দিন শেষ হবলৈ আগবাটিছিল। তাই আৰু মই, আমাৰ অন্তৰংগতা আৰু অলপ বৃদ্ধি পাইছিল। তাই কথাৰ মাজে মাজে হাঁহি মাৰি আগবাটি গৈছিল কেন্টিনলৈ আৰু তাৰ লগতে অলপ অলপ কৈ বাটি গৈছিল আমাৰ অন্তৰংগতা। মই যেতিয়ালেকে ইমান খিনি কথা ভাবো তাই ইতিমধ্যেই কেন্টিনৰ ভিতৰলৈ সোমাই গৈছিল।

4

ৰেগিং

সচৰাচৰ আমাৰ জীৱনত ঘটনাবোৰ নভবাকৈয়ে হয়। আৰু এই নভবাকৈ হোৱা ঘটনাবোৰৰ অনুভৱ আমাৰ বাবে আধা ভাল আৰু আধা বেয়া হয়। অত্যধিক ভাৱে পজিটিভ ব্যক্তিৰ বাবে হয়তো দৃষ্টিভংগী এনে নহবও পাৰে কিন্তু আমাৰ দৰে সাধাৰণ ব্যক্তিৰ বাবে এইয়াই সঠিক দৃষ্টিভংগী। ভগৱানেও সেইবাবেই আধা ভাল আৰু আধা বেয়া অনুভৱ আমাক প্রদান কৰে। সমতা বজাই ৰাখিবলৈ এই প্রক্রিয়াৰ অত্যন্ত প্রয়োজন।

কিন্তু এনে বহু ঘটনা আছে যি আমাৰ ইচ্ছা অনুসৰিয়েই সংঘটিত হয়। হয়তো সময়ৰ আগ পিছ হব পাৰে কিন্তু ঘটনাটি প্রকৃতাৰ্থত সংঘটিত হয় ইচ্ছাকৃত স্থানত আৰু আশা কৰা অনুসৰি। মোৰ সেতে এনে ধৰণে পূৰ্বেও বহু ঘটনা হৈ গেছে। সৰহ সংখ্যকৰ অনুভৱেই সন্তোষজনক আৰু কিছু সংখ্যকৰ অনুভৱ অতি সুন্দৰ। এইকেইদিন মই এনে এক ঘটনাৰেই আশাত আছিলোঁ। আৰু সদাশয় প্রভুৱেও এইবাৰ মোক বিমুখ নকৰিলে।

কলেজৰ প্রথম কেইটামান দিন পাৰ হৈছিল। ছিনিয়ৰ সকলোৱে এতিয়াও কলেজ আহিবলৈ আৰম্ভ কৰা নাছিল। গতিকে এই দিনকেইটা শান্তিৰে কোনো টেনচন নোহোৱাকৈ পাৰ হৈ গৈছিল। কেন্টিনে আড্ডা পইন্টৰ ৰূপ লবলৈ আৰম্ভ কৰিছিল। অৱশ্যে বয়জ হোষ্টেলৰ বাবে কেন্টিনৰ দুৱাৰ এতিয়াও খোল খোৱা নাছিল। আমি ডে স্কলাৰ হেতুকে সকলো ঠাইতে কোনো বাধা বিঘিনি নোহোৱাকৈ ঘুৰি ফুৰিছিলো। আমি মানে মই আৰু স্বপ্নিল আৰু কেতিয়াবা কেতিয়াবা জুপল। জুপলৰ থোজ - কঢ়াৰ সেতে কিবা ব্যক্তিগত শক্রতা আছে। সেইবাবে সি উপায় নাথাকিলে হে কেতিয়াবা কেতিয়াবা থোজ কাটিবলৈ উলাইছিল।

আজি পঞ্চম দিন আছিল কলেজৰ। ৰুটিন ইতিমধ্যে জাৰি হৈ গৈছিল আৰু ৰুটিনৰ মতে ক্লাছো আৰম্ভ কৰা হৈছিল। ৰাতিপুৱা নটা বজাৰ পৰা সন্ধিয়া পাঁচটা বজালে এটা বন্ধ বাকচৰ ভিতৰত যোৱা দুটা বছৰে ক্লাছ কৰা মোৰ আৰু স্বপ্নিলৰ বাবে ই কোনো

সমস্যাই নাছিল। দৰাচলতে ভালদৰে মন কৰিলে কাৰো বাবেই এই ৰুটিন সমস্যা হোৱা নাছিল। ৰাতিপুৱা দহটাৰ পৰা বিয়লি দুটা অথবা প্ৰেক্টিকেলৰ ক্লাছ থাকিলে চাৰিটা। এইকেইদিনত অন্ততঃ প্ৰেক্টিকেল আৰম্ভ হোৱা নাছিল। আৰু ফ্ৰেচাৰ্চ নোহোৱা পৰ্যন্ত প্ৰেক্টিকেল আৰম্ভ হোৱাৰ কোনো আশাও নাছিল।

মই কলেজলৈ বুলি ওলাই যাবলৈ সাজু হৈছোঁ। মায়ে এইমাত্ৰ ভাত খাবলৈ মাতি থৈ গৈছে। বেগ কান্ধত ওলোমাই ৰুমৰ পৰা বাহিৰ হবলৈ লওঁতেই ফোনটো বাজি উঠিল। উজ্জ্বলি উঠা মবাইলৰ স্ক্ৰীনত নামটো জিলিকি উঠিল। নামটো দেখি মোৰ ওঁঠত হাঁহিৰ আগমণ ঘটিল ঠিকেই কিন্তু এই সময়ত মই তাইৰ পৰা ফোন অহাৰ আশা কৰা নাছিলোঁ। দাদা অফিচলৈ বুলি ওলাই মোৰ বাবেই অপেক্ষা কৰি আছিল। উঠাও নুঠাও ভাৱ এটা লৈ অলপ সময় অপেক্ষা কৰিলোঁ।

" অ, কোৱা!", সেই অলপ সময়ৰ অপেক্ষাৰ অন্তত ফোনটো ৰিচিভ কৰি কলো। " ৱাহঃ, তুমি মানে মোৰ নম্বৰটো ছেভ কৰিলা!!", তাই হাঁহি মাৰি বাক্যটো কলে। মোৰ এই ক্ষণত ইহাৰ ইচ্ছা মুঠেও নাছিল। " অ, কৰিলোঁ। কি কথা আছে সোনকালে কোৱা!", মই এই লৰালৰিৰ মাজত অকল কঠোৰ সুৰেৰেই উওৰ দিলোঁ। " কৈছোঁ অ, অকণমান শান্তি নাই। আজি ৰেদি হৈ আহিবা ৰেগিং হব।", তাই মোৰ কথাৰ সুৰত অসন্তুষ্ট হৈ ৰুঢ় ভাৱে কথাষাৰ কলে। " সেইটোহে! একো নাই ! হব বাই!", মই কথাটো উপলুঙাৰ সুৰত কৈ বিদায় লবলৈ চেষ্টা কৰিলো। " অ, একো নাই যদি ঠিকেই আছে! হব বাই! ", তাই মোৰ কথাটোকে উপলুঙা কৰি ফোনটো কাটি দিলে। সেই হাঁহিটি মোৰ মুখত পুনৰবাৰ ফুটি উঠিল যিটি তাইৰ নামটো ফোনৰ স্ক্ৰিনত দেখি ফুটি উঠিছিল।

আশা সদায় ভালেই কৰা নাযায়। কেতিয়াবা কেতিয়াবা বেয়া আশাও কৰা যায়। ঘৰৰ পৰা ওলাই যোৱাৰ পৰা কলেজৰ ভিতৰত সোমোৱালৈকে মই যি ঘটনাৰ আশা কৰি আছিলোঁ সেইয়াই হল। মেডাম ক্লাছৰুমৰ ভিতৰত আছিল আৰু মই ক্লাচৰুমৰ প্ৰৱেশদ্বাৰত। মোক দেখা মাত্ৰেই প্ৰশ্নবাণ নিক্ষেপ কৰা হল। আৰু সেই প্ৰশ্নবাণৰ মই সৰুৰে পৰা অভ্যস্ত এটি উওৰ দিলোঁ, " মেডাম, ট্ৰেফিক জাম হৈ গৈছিল। সেইকাৰণে দেৰি হল।" মোৰ উওৰে কাম কৰিলে। প্ৰথমবাৰৰ বাবে ডে স্কলাৰ হোৱাৰ বাবে গৰ্ব হৈছিল। ডে স্কলাৰৰ বাবে থকা বিশেষ সহানুভূতি সেই সময়ত অনুভৱ কৰিছিলো যেতিয়া মেডামে কৈছিল," অ, তুমি ডে স্কলাৰ নেকি? আঁহা আহাঁ। নেক্সট টাইমৰ পৰা সোনকালে আহিবলৈ চেষ্টা কৰিবা!"

স্বপ্নিল আৰু তাইৰ মাজত এটা চিট খালী আছিল। মই সোমোৱাৰ সময়তেই দেখি আছিলোঁ। মই গৈ তাতেই বহি পৰিলোঁ। ৰোল কল আৰম্ভ হোৱা নাছিল। মই জুপল আৰু স্বপ্নিলৰ লগত কথা পতা আৰম্ভ কৰি দিছিলোঁ। ক্লাছৰ মাজত কথা পাতিবলৈ ইংগিতৰ ভাষা জনা দৰকাৰ। তাই কাষতে মুখ ওফুন্দাই বহি আছিল। মাজতে এবাৰ তাইলৈ চালোঁ। মই চোৱাৰ লগে লগেই তাইৰ চকুজুৰিত যেন জুইহে জ্বলি উঠিল। তাই কলে," এইটো চিট মই ৰাখিছিলো!" বাতাবৰণ ভাল আছিল। ক্লাছ চলি আছিল। আৰু

মেডামো ক্লাছতে আছিল গতিকে চিঞৰ বাখৰ হোৱাৰ কোনো সম্ভাৱনা নাছিল। মই তাইক জুকাই চাবলৈ কলো," ভাল কথা!" আৰু সেই কথাটোৰে কাম কৰিলে। বাৰুদৰ ওচৰলৈ ফিৰিঙতি নিয়াৰ দৰে কাম কৰিলে কথাষাৰে। " উঠি যোৱা! ", তাই কলে। " কিয় উঠি যাম? চিট এটা হে থৈছা! কাইলৈ মইও থৈ দিম! একো ডাঙৰ কথা নহয়!", মই সেই জ্বলন্ত জুইত ঘিউৰ টোপাল কেইটামান এৰি দিলোঁ। " ডাঙৰ কথা নহয়? তুমি ইমান rudely ৰাতিপুৱা মোক ফোনত কথা কোৱাৰ পিছতো যে চিটটো থৈ দিছোঁ। হঁহ!!" তাই কথাষাৰ কে মেডামলৈ চাই বহি থাকিল।

মই একো নকলো। ক্লাছ শেষ হল, মেডাম ওলাই গল। এইবাৰ তাই মোৰ ফালে ভালকৈ ঘুৰি ললে। " তুমি ইমান rude হৈ কিয় আছা হাঁ! ৰাতিপুৱা ফোন কৰোঁতেও আৰু এতিয়াও?" , তাই মোক সুধিলে আৰু সৌভাগ্যক্রমে ক্লাচত হলস্তুল হৈ থকা বাবে কোনেও নুশুনিলে। তাই ৰঙা পৰি আছিল। " মই আৰু rude কেতিয়া? মইতো নৰ্মেলেই আছোঁ। ", মই একো নজনাৰ ভাৱত তাইক উত্তৰ দিলোঁ। মোৰ বাবে এই মূহৰ্তটো উপভোগ্য হবলৈ ধৰিছিল। " তুমি নৰ্মেল আছা? কোন ফালেদি? ৰাতিপুৱা তুমি ভালকৈ উত্তৰ নিদিলা! এতিয়াও ভালকৈ কথা পতা নাই! আহিও আনৰ লগত কথা পাতি আছা! ইফালে চিট মই থৈছোঁ! " তাই থঙত কে গেছে। যিমানেই কে আছে গাল দুখন সিমানেই ৰঙা হৈ পৰিছে। মই মাজতে বাধা দিলোঁ," অহ, তোমাৰ মানে কথা পাতিবলে মন আছে?" মই কথাটো কে শেষ কৰোঁ মানে তাইৰ পানী বটলটোৰে মোৰ মূৰত খুন্দিয়ালে। " আহঃ!", মোৰ মূখেদি খুন্দা থোৱাৰ লগে লগেই শব্দ বাজ হল। ওচৰ - পাজৰৰ আটাইকেইটা লৰা- ছোৱালীৰ দৃষ্টি এতিয়া আমাৰ ওপৰত।

"চৰী!!", তাই সকলোৰে পিছলে ঘুৰা দেখি কলে। " চৰী!", তাইৰ সেতে মইও যোগ দিলোঁ। পাঁচটা ইংৰাজী আখৰৰ এই শব্দটোৰ কিছু শক্তি আছে। কাৰণ শব্দটো শুনা মাত্রেই তাইৰ থং নাইকীয়া হৈ গল। আৰু পুনৰ সেই সাধাৰণ অৱস্থালে উভতি আহিল। " আছা , আজি মই ৰাতিপুৱা ৰেগিংৰ কথা কবলৈ ফোন কৰোঁতে ঠাট্টা কৰি কিয় উত্তৰ দিছিলা?", তাই নৰ্মেল মুডতে কথাষাৰ সুধিলে। " অহ, ৰেগিং! সেইটো আকৌ কি ডাঙৰ কথা!", মই হাতখন পোনাই পোনাই তাইক কলো। কিন্তু তাৰ প্রভাৱ যে সকলোৰে ওপৰত পৰিব সেইটো মই ভবাও নাছিলোঁ। কিন্তু সকলোৰে পিছলে উভতি এনে দৃষ্টি দিলে যেন মই ব্রহ্ম হত্যাৰ পাপ হে কৰিলোঁ। মই পিছ হুঁহকা সেই মূহৰ্তত সম্ভৱ নাছিল আৰু মোৰ পিছ হুঁহকাৰ কোনো ইচ্ছাও নাছিল। সেইবাবে মই এইবাৰ কথাষাৰত জোৰ দি কলো," ৰেগিং , একো ডাঙৰ কথা নহয়! সব কলেজতে হয় আৰু আজি কালি ইমান বেছি ৰেগিংও নকৰে দিয়া!"

মই কথাষাৰ শেষ কৰিছোঁ হে ক্লাছ ৰিপ্রেজেণ্টেটিভে খবৰ দিলে চিনিয়ৰ আহিব ক্লাচলৈ। কোনো ক্লাছৰ পৰা ওলাই যাব নোৱাৰিব। সকলোৰে চকু - মুখত উদাস উদাস ভাৱ এটা ফুটি উঠিল। তাইৰ মুখতো! সময় বেছি হোৱাই নাছিল! চিনিয়ৰ সোমাই আহিল। কিছুমান থিয় হল আৰু কিছুমান নহল। কেইজনমান লৰা আৰু কেইগৰাকীমান

ছোৱালী। মুঠ দহ - পোন্ধৰটা মান সোমাই আহিল। আৰু আৰম্ভ কৰিলে পৰিচয় ৰূপী ৰেগিং অভিযান। এজন এজনকৈ উঠি গৈ পৰিচয় প্ৰদানৰ পৰ্ব চলি থাকিল। আমাক তেতিয়াও মতা হোৱা নাই। ক্লাছ শেষ হোৱাৰ সময় ইতিমধ্যেই হৈ গৈছে। আৰু ক্লাছৰ পৰিচয় পৰ্বও প্ৰায় সমাপ্ত হৈছে। আমাক মাতি নিলে। মোক আৰু তাইক।

উঠি গলো। সকলোৱে এনে ভাৱে চাই আছিল যেন আমাক কিবা শাস্তি দিবলৈ হে মাতি নিয়া হৈছে। " Hobby কি তহঁতৰ?", এজনে প্ৰশ্ন কৰিলে। " শুৱা!", তাই উত্তৰ দিলে। " ফুৰা!", মই উত্তৰ দিলোঁ। " তাৰ বাদে!" , অন্য এজনে আমাৰ উত্তৰত সন্তুষ্ট নহৈ পুনৰ প্ৰশ্ন কৰিলে। " খোৱা!", এইবাৰ তাইৰ আৰু মোৰ উত্তৰ একেই ওলাল। এইবাৰ ঘৰ কোন জিলাত আৰু হায়াৰ চেকেণ্ডেৰী কত পঢ়া হৈছিল সুধা হল। উত্তৰো সমানেই স্পিদত দিয়া হল। কাষতে ৰৈ থকা এজনক চিনাকি চিনাকি লাগিছিল। " তুমি আমাৰ হায়াৰ চেকেণ্ডেৰীতে পঢ়া নেকি?", মই সুধিলো। " নাই , নাই!", সি অলপ বিচুৰ্তি থাই উত্তৰ দিলে। " নাই, মই তোমাক গৌৰৰ দাৰ লগত দেখিছোঁ। তুমি তাতেই পঢ়িছিলা হয় নাই?", মই আকৌ সুধিলো। " নাই পঢ়া অ!", সি আকৌ নঞৰ্থক উত্তৰেই দিলে। মই পুনৰ কিবা সোধাৰ আগতেই সি তাৰ লগৰ খিনিক কলে," বল, বল! ক্লাছৰ টাইম হল। যাওঁ বল!" আৰু ওলাই গল ৰুমৰ পৰা। সিহঁত ওলাই যোৱাৰ লগতেই টেক্সটাইলৰ ৰিকি মেডাম সোমাই আহিল। ক্লাছ এঘন্টা লৈকে চলি গল।

প্ৰেকটিকেল নাই! ৰিকী মেডাম ওলাই যোৱাৰ লগতেই আমাৰ আজি দিনটোৰ সকলো ক্লাছ সমাপ্ত হল। ক্লাছ ৰুমৰ পৰা সকলো ওলাই আহিলো। " তোমাৰ সেই দাদাজন কি চিনাকি আছিল?", তাই ষ্টেপেদি নামিবলৈ লওঁতেই সুধিলে। " নাছিল কিয়?", মই ৰৈ গলো আৰু তাইক সুধিলো। " নাই! তুমি যে দিস্তাৰ্ব কৰি আছিলা! সেইকাৰণে সুধিছোঁ।", তাই কলে। " অহ, সেইটো কথা! নাই তাক মই আমাৰ হায়াৰ চেকেণ্ডেৰীৰ চিনিয়ৰ গৌৰৱৰ লগত ফটোত দেখিছিলো কাৰণে সুধি আছিলোঁ।", মই উত্তৰত কলো। " পিছে আমাক ইমান একো নুসুধিলেই!", তাই অলপ গৌৰৱ সহকাৰে কলে। " ভয়, নাখালে। এনেও বেছি একো নকৰে!", স্বপ্নিলে তাইৰ কথাৰ উত্তৰ দিলে এইবাৰ। " অহ! হব পাৰে।", তাইও মোৰ জোঁকাৰি হয়ভৰ দিলে। " পিছে তোমালোক দুয়োটাৰ hobby কিছু অদ্ভুত!", স্বপ্নিলে হাঁসি হাঁসি সুধিলে। " নকবাই আৰু ! মোৰ বাৰু অদ্ভুত আগৰ পৰাই জানো। ইয়াৰো যে অদ্ভুত আজি হে গম পাইছোঁ!", তাই স্বপ্নীলক উত্তৰ দিয়াৰ অন্তত তাইৰ কান্দেৰে মোৰ কান্ধত খুন্দা এটা মাৰিলে। আৰু হাত জোঁকাৰি জোঁকাৰি হোষ্টেলৰ দিশে আগবাঢ়িল আৰু আমি বিপৰীত দিশে। প্ৰত্যেকটো দিনৰ লগতে আমাৰ সম্পৰ্ক ওচৰ চাপি আহিছিল। বন্ধুত্বতকৈ প্ৰত্যেক দিনাই একো ঢাপ এই সম্পৰ্ক আগবাঢ়িছিল। ৰেগিংৰ দৰে ঘটনাৰ সৈতেই মনত জন্ম লৈছিল বহু প্ৰকাৰৰ অনুভৱেৰে। মই স্বপ্নিল আৰু জুপলৰ সৈতে কথা পাতি পাতি আগবাঢ়িছিলো ইউনিভাৰ্ছিটিৰ মেইন গেটৰ দিশে।

5

ফ্ৰেচাৰ্চ

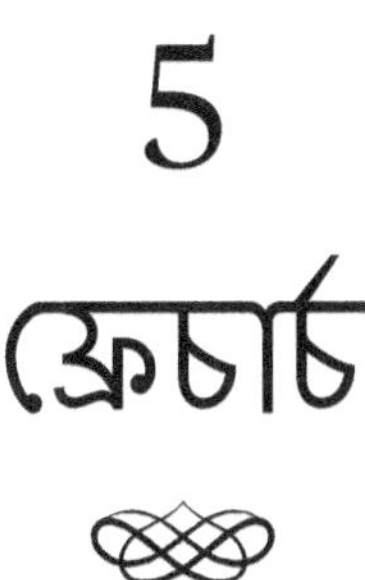

" হেল্লো!", মই ফোন ৰিচিভ কৰিলোঁ। "হেল্লো... !", তাই ইফালৰ পৰা দীঘলীয়া সুৰেৰে মাত দিলে। " কোৱা.....!", মইও সুৰটো দীঘল কৰি সহাঁৰি জনালোঁ। " কাক , ইমান দীঘলকৈ মাত দিছ অ?",। পাকঘৰৰ পৰা মায়ে মাত দিলে। " কোনো নাই ! এই লগৰ এটা !!", মই মায়ে আকৌ এবাৰ চিঞৰ মৰাৰ আগতে উত্তৰ দিলোঁ। কিন্তু একো লাভ নহল! " অ, যিয়েই নহওঁক! অকণমান ভালকৈ পাত!", মায়ে আকৌ সেই ডাঙৰ মাতেৰেই উত্তৰ দিলে। মাৰ মাত সিমানেই ডাঙৰ আছিল যিমান ডাঙৰ হলে ফোনৰ লাইনত থকা মানুহ এজনে সহজে শুনা পায়। তাই মাৰ মাত শুনি খিক খিককৈ হাঁহিবলে লাগিল। মই চকীৰ পৰা উঠি গৈ দুৱাৰখন ভালকৈ বন্ধ কৰি আহিলো।

" কি হল কোৱা?", মই অলপ থহটাকৈয়েই তাইক সুধিলোঁ। " আৰে! মায়ে এইমাত্ৰ ভালকৈ পাতিবলে কৈছিল নহয়! আকৌ rude হৈ কিয় পাতিছা!", মাৰ উপদেশ একদম্ সঠিক ঠাইত প্ৰয়োগ কৰি তাই উত্তৰ দিলে। উপায় নাই! মই সুৰ সলাই এইবাৰ মিহিকৈ সুধিলো, " কি হল ডাঙৰীয়ানী? অনুগ্ৰহ কৰি কওক!" আকৌ হাঁহিৰ শব্দ শুনা গল। " তথাস্তো বৎস! আজি পিছে ফ্ৰেচাৰ্চলৈ কি পিন্ধি আহিবা?", তাই সেই ধেমালিৰ মাজে মাজেই সুধিলে। " ফ্ৰেচাৰ্চ! তালে কোন যাব ?", মই উপলুঙাৰ হাঁহি মাৰি তাইক উত্তৰ দিলোঁ। " কোন আহিব মানে? সব আহিব! আৰু তুমি কি নাহা?", তাই আচৰিত হৈ সুধিলে। মাতত তাইৰ আশ্চৰ্য স্পষ্টকৈ ধৰা পৰিছিল। " অ'তো, এনেও নাযাও মই! ", মই অত্যন্ত সাধাৰণ ভাৱে উত্তৰ দিলোঁ। মোৰ উত্তৰ শুনি তাই আৰু আচৰিত হৈ পৰিল, " কি? কিয়? আৰু স্বপ্নিল আৰু জুপল?" "তাহাঁত যাব পাৰে! কিন্তু মই নাযাও বহত আমনি লাগে মোৰ! মই একদম ইন্টাৰেষ্টেড নহয় এইবোৰত!", মোৰ উত্তৰ থিনি সলসলীয়াকৈ এটাৰ পিছত ইটো ওলাই গৈছিল। ঠিক আগৰাতি মুখস্থ কৰি থোৱাৰ দৰে।

তাই মোৰ কথা শুনি অলপ দেৰি মনে মনে থাকিল। "কি হল? মনে মনে থাকিলা যে?", মই নিঃশব্দতা আঁতৰাই মাত দিলোঁ। " একো নাই! কিন্তু তুমি যে ইমান বৰিং

বুলি মই ভবাই নাছিলোঁ! ", তাই মোৰ প্ৰশ্নৰ ঠাট্টাৰ সেতে উত্তৰ দিলে। " এক্সকিউজ মি মেডাম! মই একো বৰিং নহয়। খালী মই এনেকুৱা প্ৰগ্ৰেমবোৰ বৰ এটা পছন্দ নকৰোঁ। আৰু ৰাতিপুৱাই এইটো খবৰ সুধিবলৈকে ফোন কৰিছিলা নে? কিবা কথা আছে নিশ্চয়!!", মই মোৰ সন্দেহ ব্যক্ত কৰিলোঁ নিজকে তাইৰ দ্বাৰা জাপি দিয়া বদনামৰ পৰা আঁতৰোৱাৰ অন্তত। " বাৰু! বাৰু!! অ', কথা এটা অৱশ্যে আছিল।", মোৰ সন্দেহক সত্য প্ৰমাণিত কৰি তাই স্বীকাৰ কৰিলে। " কি কথা?", মই আকৌ সুধিলো। " বাদ দিয়া! তুমি নাহাই যেতিয়া কৈ কি লাভ!", তাই উদাস ভাৱে কলে। এইষাৰ কথাই হৃদয় চুলে। তথাপিও মই কলো," প্ৰগ্ৰেমৰ ভিতৰৰ কথা যদি বাদ দিয়া! আৰু যদি প্ৰগ্ৰেমৰ বাহিৰৰ কথা তেতিয়াহলে কোৱা! ইউনিভাৰ্ছিটি আমাৰ ঘৰৰ পৰা ইমান দূৰো নহয় যে এপাক মাৰিব নোৱাৰিম মই!" তাইৰ হাঁহি আকৌ এবাৰ শুনা গল। " হব হব! চৰৰ মাজেদিহে কথা পাতে!! বাৰু হলেও কেছোঁ আৰু! প্ৰগ্ৰেমৰ বাহিৰৰ কথাই! মানে বহুত দিন একো ভাল খোৱাই নাই! যদি তুমি আহিলা হেঁতেন তেতিয়া বিপনী যাব পাৰিলোহেতেন। শুনিছোঁ তাৰ ফ্ৰাইড ৰাইছ ভাল । ", তাই কৈ আছিল । কথাটো সম্পূৰ্ণ হবলৈ এতিয়াও দুটা মান লাইন বাকী আছিলেই তাৰ মাজতেই মই মাত দিলোঁ," হব ! হব! পাই যাম মই! কেইটা বজাত কৈ দিয়া থালি! এনেও ঘৰত পিছবেলা থালী হৈ বহি থকাতকৈ ফ্ৰাইড ৰাইছ খোৱাই ভাল!" তাই ফোন থৈ হাত চাপৰি মৰাৰ শব্দ শুনিলো। তাৰ পিছত তাইৰ মাত," গ্ৰেট স্পিছ , বাই দ্যা ৱে! তিনিটা মান বজাত আহিবা। আচ্ছা বাই হা। ড্ৰেছ কৰোগে। " মইও বাই দি বিদায় ললো।

জুপিটাৰ থন বিপনীৰ ভিতৰৰ শিৱ মন্দিৰৰ বিপৰীত দিশে পাৰ্ক কৰিলোঁ। পিছৰ চিটত কৌশিক বৰুৱা। তিনিটা বাজি আৰু পোন্ধৰ মিনিট অতিৰিক্ত ভাৱে পাৰ হৈ গৈছিল। হেলমেটটো দিকিৰ ভিতৰত সুমুৱাই থৈ একেদৌৰে বিপনীৰ ভিতৰ সোমালোগে, কৌশিক আগতেই সোমাল। তাইৰ ফটো ৰাতিপুৱাৰ পৰা তাইৰ পৰা অহা মেছেজত আৰু তাইৰ স্টেটাচত দেখিছিলোৱেই। কিন্তু ৰঙা ব্লাউজ, মেথেলা আৰু হালধীয়া চাদৰৰ সেতে তাইৰ প্ৰকৃত সৌন্দৰ্য যেন মই এতিয়াহে দেখিলো। তাই বিপনীৰ ওপৰলৈ উঠি যোৱা চিৰি কেইটাৰ ওচৰত ৰৈ আছিল। তাইক কাপোৰ যোৰে শুৰাইছিল। বান্ধি খোৱা দীঘল চুলি কোচাৰ পৰা অন্যমনস্ক এডাল দুডাল চুলি ইফালে সিফালে ওলাই আহিছিল। কিন্তু সেই ওলাই অহা চুলি কেইডালে সোনত সুৱগা চৰাইছিল। অন্য কোনো কৃত্ৰিম মেক আপৰ চিন চাব নাই। মুখখন সতেজ দেখা গৈছিল। হয়তো এইমাত্ৰ ধুই আহিছে। তাই কাণত ফোন লগাই ৰৈ আছিল। মোৰ খোজৰ গতি তাইক দেখাৰ পিছত হঠাৎ ধীৰ হৈ পৰিছিল, অত্যন্ত ধীৰ। মোৰ সকলো ধ্যান তাইৰ সৌন্দৰ্যৰ ওচৰে পাজৰে কেন্দ্ৰিত হৈ আছিল। এনেতে মোৰ ফনটোৰে পকেটৰ ভিতৰত ভাইব্ৰেত কৰিলে। মই ফোন উলিয়াই স্ক্ৰীন চোৱালৈকে তাই মোক দেখি মোৰ ওচৰ পাইছিল হি।

" ইমান দেৰি!! বলা এতিয়া মোবাইল চাব নালাগে। ময়েই ফোন কৰিছিলো ইমান দেৰি নহা দেখি!", তাই মোক ঠেলা মাৰি ওপৰলৈ উঠাই নিবলে চেষ্টা কৰি কলে। " আৰে ! ৰবা ই মোৰ স্ক্ৰেও হয়। চিনাকি হৈ লোৱা অন্ততঃ!!", মই তাইক বাধা দি কলো। কিন্তু তাইৰ হাতত সময় নাই। " হাই! বলা না ওপৰত চিনাকি হওঁগৈ! মোৰ অলপ ভোক লাগিছে মানে!", তাই কৌশিকক মাত দি কলে। তাইৰ ঠেলাৰ জোৰত মই সোনকালেই ওপৰ পালোহি। প্ৰথম ৰেষ্টোৰেন্ট খনলৈ সোমাই গলো। তিনি কাপ কফি আৰু তিনি প্লেট চিকেন ফ্ৰাইড ৰাইচো তাইয়েই অৰ্ডাৰ দিলে। আমি টেবুল এখন বিচাৰি বহি পৰিলোঁ। মই আৰু কৌশিক এটা চাইদে আৰু তাই অন্যটো চাইডে। চা - চিনাকিৰ পৰ্ব আৰম্ভ হল। দুয়ো চা - চিনাকি হোৱাৰ অন্তত মোৰ বদনাম গোৱা আৰম্ভ হল। " তুমি ইমান বৰিং আৰু rude স্ক্ৰেওটো কেনেকৈ বাচিলা কৌশিক? " তাই প্ৰক্ৰিয়া আৰম্ভ কৰিলে আৰু এই প্ৰক্ৰিয়া মই বাধা নিদিয়া লৈকে চলি থাকিল। কফি আৰু ফ্ৰাইড ৰাইচ দিলেহী কিন্তু মোৰ বদনাম ৰটনা বন্ধ হোৱা নাই।

" তুমি স্ক্ৰেছাৰৰ কথা কোৱা না!", মই তাহাতৰ কথাৰ মাজত দখল দি কলো। " উৱা! নাহা মানুহটোক আকৌ প্ৰগ্ৰেমৰ থবৰ কিয়?", তাই ঠাট্টা সহিতে উত্তৰ দিলে। " আৰে! প্লিজ! কোৱা না!", মই এইবাৰ অনুৰোধ কৰিলোঁ। তাই যেন অনুৰোধত সন্তুষ্ট হে হল। কবলে আৰম্ভ কৰিলে। প্ৰচেছন কৰি অদিটৰীয়াম অহাৰ পৰা আৰম্ভ। তাহাতৰ কাৰণে দান্স আৰু গানৰ প্ৰগ্ৰেম হল। স্বপ্নিল দেৰিকে আহিল আৰু লাঞ্চৰ পিছত কেনেকৈ পলাই গল। জুপলক ছিনিয়ৰ বা এজনীক বিচাৰি আনিবলে দি কেনেকৈ নগুৰ- নাকতি কৰিলে তাই সকলো কলে। তাৰ পিছত যোগ দিলে, " আমাৰ মুখত লিপষ্টিক দি আঁকি দিছিল জানা! মোৰ ইমান থং উঠিছিল। কিন্তু কি কৰিবা? উপায় নাই , জুনিয়ৰ যে!", তাই উদাসীন হমুনিয়াহ এটা এৰি কলে। হমুনীয়াহ এৰি দি তাইৰ এখন হাত মোৰ হাতৰ ওপৰত থৈ দিলে। মই কফি পি থকাৰ পৰা চক থাই তাইৰ হাতখনলৈ চালোঁ। একেই গতি কৌশিকৰ। তাইৰ কিন্তু ভ্ৰূক্ষেপ নাই! এই প্ৰথম কোনোবা ছোৱালীয়ে মোক এনেকৈ চুইছিল। গোটেই গাত এটা শিহৰণে দৌৰি ফুৰিছিল। " বাৰু ! বাদ দিয়া! ফটো চোৱা এইবোৰ!", তাই হাত খন মোৰ হাতৰ ওপৰতে ৰাখি থৈ আমাক স্ক্ৰেচাৰৰ ফটো তাইৰ ফোনত দেখুৱাবলে লাগিল। তাইৰ সেলফিৰ পৰা আৰম্ভ কৰি দিৱান আৰু জ্ঞানদীপৰ লিপষ্টিকেৰে আঁকি অৱস্থা নাইকীয়া কৰা মুখ কেইখনলেকে। তাৰ লগতে উপহাৰ দিয়া বস্তুকেইপদৰো ফটো তুলি থৈছিল তাই।

ফটো দেখুৱাই থকাৰ মাজতে তাই এবাৰ সময়লৈ মন কৰিলে। পাঁচটা বাজি গৈছিল। " ঐ, বলা বলা! মোৰ হোষ্টেল সোমাবলে দেৰি হৈ যাব নহলে!", তাই থৰধৰ কৰিলে এইবাৰ। বিল দি সকলো ৰেষ্টোৰেন্টৰ পৰা ওলাই আহিলো। "কৌশিক! মই এইক গেটলেকে খোজ কাটিয়েই আগবঢ়াই আহো। তই বল মেইন গেটৰ ওচৰতে ৰৈ দিবি!", কৌশিকক মই কলো। সি মান্তি হৈ জুপিটাৰ খন উলিয়াই আনিবলে গল। আমি দুয়ো, তাই আৰু মই ৰাস্তাৰ কাষে কাষে খোজ কাটি আগবাটিলো। তাই গোটেই ৰাস্তাত অনেক

কথা কৈ কৈ আগবাঢ়িল। আৰু মই তাইৰ কথা শুনি। " তুমি , বেলেগ কোনো ফ্ৰেন্দ গোটোৱাই নাই?", মই ভি.চি.ৰ বাংলা পাও পাওঁ হওঁতে তাইক প্ৰশ্ন কৰিলোঁ। " কিয়? তোমাৰ কি মোৰ লগত ফ্ৰেণ্ডছিপ কৰি আমনি লাগিছে!", তাই চকু কেইটা ডাঙৰ কৰি সুধিলে। " নাই! নাই! এনেই সুধিছিলো! ", মই হাঁহি এটা মাৰি উত্তৰ দিলোঁ। " নাই ! এনেই ফ্ৰেন্দ গোটোৱা নাই! মন যোৱা নাই!", তাই খুব সহজ ভাৱে উত্তৰ দিলে। তাইৰ মূৰে হাউলি আহি মোৰ বাহত জিৰণি লৈছিলিহি। " আজি তোমাৰ ফটো কেইখন ধুনীয়া লাগিছিল!", মই অলপ দেৰি মনে মনে থাকি কলো। " হব! এতিয়া তেল মাৰিব নালাগে!", তাই মূৰ তেনেকৈ থেয়েই হাঁহি মাৰি কলে। " নাই ! তেল নাই মৰা মই! অৱশ্যে ফটো কেইখনতকৈও আচলত আৰু ধুনীয়া লাগিছে। ", কথাষাৰ মই কলো। আৰু কোৱাৰ লগে লগেই মোৰ মুখত এটা হাঁহি বিয়পি পৰিল। তাইৰ চকু কেইটা মোৰ চেহেৰালৈ আনি মিছিকিয়া হাঁহি এটা মাৰি দিলে। আমি মেইন গেট পাইছিলো হি, কিন্তু বিদায় লোৱাৰ মোৰ কোনো ইচ্ছা নাছিল। " যাওঁ! বাই!! ", তাই বিদায় ললে। " বাই কৌশিক!", কৌশিকলৈ চাই তাই হাত জোঁকাৰিলে। তাই অলপ দূৰ মোলে চাই চাই গেটেদি ভিতৰলৈ সোমাই গল। কৌশিকে জুপিটাৰ খন স্টাৰ্ট কৰিলে। মই তাইলৈ চাই থাকিলো উভতি। তাই নেদেখা হে যোৱালৈকে। মোৰ হৃদয়ত আজি ফিৰিঙতি এটাৰ জন্ম হৈছিল। হয়তো তাইৰ হৃদয়তো হৈছিল। মই নিশ্চিত নহয়, মাখোঁ সন্দেহ এটা আছে। কিন্তু মোৰ হৃদয়ত ফিৰিঙতীৰ জন্ম হৈছিল নিশ্চিত ভাৱে। তাই টাৰ্ণিং এটা লৈ নেদেখা হৈছিল আৰু আমিও পুলিচ ৰিজার্ভৰ ডাঙৰ গছ কেইজুপাৰ আঁৰ হৈ পৰিছিলো।

6

টিচাৰ্ ডে'

❦

জুবিনৰ "মায়াবিনী" গানটো বাজি আছিল। ব্লেক বোৰ্ড খন আঁতৰাই থোৱা আছিল আৰু টেবুল খনৰ সেতে চকীও। মই মবাইল পিটিকি বহি আছিলোঁ। ক্লাছৰ মাজত চলাচল কৰিব পৰা ৰাস্তাটিৰ পৰা এটা চিট আঁতৰত বহি গানৰ ছন্দৰ সেতে ছন্দ মিলাই মোবাইল চলাই আছোঁ। মোৰ কাষত স্বপ্নিল আৰু পিছত জ্ঞানদীপ, দিৱান, বিশাল আৰু অন্যান্য কিছু। মুঠতে ক্লাচত আমি কোনোমতে দহটা মান মানুহ আছোঁ। ৰাতিপুৱা দহটা বজাত আহি এতিয়া এঘাৰ বাজিও পাৰ হল। ক্লাছ হোৱাৰ কোনো নাম গোন্ধয়েই নাই।

" ঐ, ক্লাছ নহয় নেকি?", তাই আহি মোৰ কাষৰ চিটত বহি প্ৰশ্ন কৰিলে। " নহয়!", আমি সকলোৱে একেটা সুৰতে উত্তৰ দিলোঁ। " কিয়?", তাই আকৌ প্ৰশ্ন কৰিলে। কিন্তু আমি এইটো প্ৰশ্নৰ আশা কৰা নাছিলোঁ। আজিৰ দিনটোত এইটো প্ৰশ্ন অন্ততঃ কৰিব নালাগিছিল। " তুমি নাজানা?" , মই অস্বস্তিৰে সুধিলো। " নাই!", তাইৰ উত্তৰ শুনি এইবাৰ মোৰ থং উঠিল। কি ছোৱালী? একো নাজানে! " কি ফটোৰামি! আজি টিচাৰ্চ ডে বুলিও নাজানা তুমি?", এইবাৰ মাতটো অকণমান ডাঙৰ কৈ ওলাল মোৰ। " টিচাৰ্চ ডে বুলি জানো মই! কিন্তু ক্লাছ কিয় নহয় সেইটো নাজানো! কালিতো গ্ৰুপত ক্লাছ হব বুলি মেচেজ আহিছিল! সেই কাৰণে সুধিছো আৰু সেইটো কথাকে ইমান চিঞৰি কিয় কৈছা? ভালকৈও কব পাৰিলা হয়! " তাইও সমানেই উচ্চ স্বৰত মোৰ উত্তৰ দিলে।

অ ,অহ অহ, কি যে মানে মইও। গ্ৰুপৰ মেচেজৰ কথাটোও ইমান সোনকালে পাহৰি যাব লাগে নে! চেঃ, বেচেৰীক এনেই চিঞৰ - বাখৰ থন কৰালো। " Sorry , মোৰ ভুল হৈ গৈছিল বুজাত!", ক্ষমা প্ৰাৰ্থনাৰ প্ৰক্ৰিয়াৰ সৰ্বপ্ৰথম কাৰ্য এইটোৱেই। তাই শুনিয়েই মুখ থন ইফালে ঘূৰাই দিলে। আৰু শাৰী শাৰী কৈ খালী পৰি থকা চকী কেইখনৰ ফালে চাই থাকিল। " Sorry, প্লিজ মানি যোৱা। চোৱা কাণত ধৰিছোঁ এনেকৈ আৰু নভবাকৈ কেতিয়াও একো নকওঁ। প্লিজ, প্লিজ.. ।" , মই প্ৰক্ৰিয়া জাৰি ৰাখিলোঁ। নাই , তাই চোৱা নাই। এতিয়াও ইফালেই চাই আছে। মই বহাৰ পৰা উঠি গৈ তাইৰ সন্মুখত

খিয় হলো। তাই হলেও চোৱা নাই। উপায় নাই!! আঁঠু কাটি এইবাৰ তাইৰ সন্মুখতে বহি পৰিলোঁ। চকু জুৰি চলচলীয়া হৈ আছিল তাইৰ। " প্লিজ, চোৱা মাফ কৰি দিয়া। প্লিজ নাকান্দিবা..!", কথাষাৰ কওঁতে কওঁতে তাইৰ হাত দুয়োখন মোৰ হাতৰ মাজত সুমুৱাই ললো। আৰু তাৰ লগে লগেই সেই চলচলীয়া চকুজুৰিৰ ভেটা ভাঙি লোতকৰ বান বৈ আহিল। এইবাৰ তাই মোলেকে চাই আছিল। এটোপাল এটোপালকে চকুলোৰে মোৰ হাতখন তিয়াব ধৰিছিল।

" কালি ৰাতিৰ পৰাই মোৰ ফোনটো বেয়া হৈ আছে। কাৰোৰে লগত কথা পাতিব পৰা নাই! মেছেজনো ক'ৰ পৰা দেখিম? গোটেই ৰাতিৰ পৰা ৰাতিপুৱা লৈকে মনে মনে আছোঁ। ", তাই থোকা- থুকি মাতেৰে কবলে আৰম্ভ কৰিলে। কথাৰ সমানেই চকুলো সৰিছিল। মই শান্ত হৈ চাই আছিলোঁ। এতিয়া তাইৰ কথাবোৰে মোৰ হৃদয়ত আঘাত হানিছিল। ক্ষমা খোজাৰ কোনো উপায় বিচাৰিব পৰা নাই ! অনুতাপত দগ্ধ হৈছে মোৰ হৃদয়। তাই কৈ গল," মই প্ৰথম ক্লাছটো নকৰোঁ বুলিয়েই নাহিলো। ভাবিলোঁ পিছৰটো কৰিম। মইনো কি জানো ক্লাছ নহব বুলি! মেচেজততো কালি ৰাতি ক্লাছ হব বুলিয়েই পাইছিলোঁ। সেইকাৰণে তোমাক সুধিছিলো! কিন্তু তুমি...!" , উচুপনি বাঢ়ি গৈছিল। মই কান্দোন ৰখোৱাৰ কোনো উপায় বিচাৰিব পৰা নাই! আৰু তাইৰ প্ৰত্যেকটো কথাই ইপিনে মোৰ অন্তৰ দহি গৈছে! উহঃ!! সান্ত্বনা দিয়াৰ উপায় মই ঠিক নজনা নহয়। মোৰ মতে সৰ্বোত্তম উপায় আলিংগন। কিন্তু তাইক এই মূহূৰ্তত..! নাই, নাই মই নোৱাৰোঁ তাইক সাৱটি ধৰি সান্ত্বনা দিব। তাই বা আকৌ কি ভাৱে! মই আগৰ শাৰী কেইটাকেই ঘূৰাই ঘূৰাই কৈ থাকিলো।

হঠাৎ তাই মোৰ হাতৰ মাজৰ পৰা তাইৰ হাত দুয়োখন মুকলি কৰিলে। আৰু এখন হাতেৰে গালখন মচি দিলে। গালখন তিতি গৈছিল। মোৰ অজানিতেই লোতক বাগৰিছিল! " উঠা, বহা! তাত কিয় বহি আছাহি!", তাই নিজৰ চকুলোৰে তিতি থকা গাল দুয়োখন মচি মচি কলে। " মাফ কৰি দিয়া। প্লিজ!", মই আকৌ ক্ষমা ভিক্ষা বিচাৰিবলৈ আৰম্ভ কৰিলো। " আৰে, কৰিলোঁ অ মাফ, আহাঁ ওপৰত বহা এতিয়া!!", মই আঁঠু কাটি থকাৰ পৰা খিয় হলো। ক্লাছত থকা সকলোৱে আমাক চাই আছিল। মই থৰধৰকৈ নিজৰ ঠাইত বহি পৰিলো। স্বপ্নিলে মোলে চাই হাঁহি এটা মাৰিলে আৰু ফটো এখন ঈদিট কৰাত ব্যস্ত হৈ পৰিল। আৰু তাৰ লগে লগেই বাকী সকলো নিজৰ নিজৰ কামত ব্যস্ত হৈ পৰিল।

" তুমি কিয় কান্দিব লাগে?", তাই সুধিলে অলপ আচৰিত হৈ। " নাজানো ! নিজেই নিজেই চকুপানী ওলাই গৈছিল। মই ঠিক কন্দা নাছিলো। কিন্তু চকুপানী কিয় ওলাই আহিছিল , সেয়াও মই নাজানো!", মই উত্তৰ দিলোঁ। মই তাইৰ মোবাইল বেয়া সম্পৰ্কে সুধিম বুলি ভাবোতেই তাই নিজেই কবলে আৰম্ভ কৰিলে," কালি ৰাতি পানী পৰিল টেবুলত , মই ভালকৈ চোৱা নাছিলো। তেনেকৈয়ে মই মবাইলটো টেবুলত থৈ দিলোঁ। ৰাতি থানা থাবলৈ যাওঁতে দেখিছোঁ মবাইল অফ হৈ আছে। আৰু তেতিয়াৰ পৰাই

কাৰো লগতেই ভালকৈ কথা পতা হোৱা নাই মোৰ। ", মাত তাইৰ এতিয়াও প্ৰায় থোকা- থুকিয়ে হৈ আছিল। মাখোঁ চকুত অশ্ৰুৰ কোনো চিন নাছিল। " চাওঁ, দেখুওৱা মবাইলটো!", মই খুজিলো। তাই বেগৰ পৰা উলিয়াই দিলে। মবাইলটো অন হোৱা নাই। অলপ দেৰি আৰু চেষ্টা কৰাৰ পিছত মই তাইক কলো," এইটো ৰিপেয়াৰিংৰ দোকানত দিব লাগিব! " তাই মনে মনে থাকিল।

"মনে মনে থাকিলা যে?", তাইৰ উদাস মুখথন দেখি মই সুধিলো। " ওলাই যাবলে পাৰ্মিছন অকল শনিবাৰে দিয়ে। আৰু আজি বৃহস্পতি বাৰ! মই ওলাই যাব নোৱাৰোঁ।", তাই উদাস ভাৱেৰে উত্তৰ দিলে। " পইচা কিমান আছে এতিয়া তোমাৰ লগত?", তাইক পোনপটীয়াকে এইষাৰ কথা সোধাত তাই আচৰিত হল। " কেছ নাই কাৰ্ড আছে। কিন্তু কিয়?", তাই আচৰিত হৈ সুধিলে। " "স্বপ্নিল উঠা বলা যাওঁ!", মই স্বপ্নিলক চিটৰ পৰা উঠি আহিবলে কলো। সি কাৰণ সুধি অলপ সময় পৰীক্ষা কৰি চালে আৰু অৱশেষত উঠি আহিল। অলপ সময়ৰ ভিতৰতে আমি ইউনিভাৰচিটিৰ মেইন গেটৰ সন্মুখত আছিলোঁ। তেতিয়ালৈকে মই তাহাতক একেৰেই কোৱা নাই।

" আমি কৈলে গৈ আছোঁ?", তাই সুধিলে। " টাউনলে!", মই সহজভাৱে উত্তৰটো দি থলো। কিন্তু মোৰ সহজ উত্তৰত তাইৰ যেন ভৰিৰ ঠিক তলৰ ভু- থওকেই ভূঁইকপে জোঁকাৰি গল। তাই তাতে ৰৈ দিলে। আৰু তাইক দেখি স্বপ্নিলেও। " কি হল? ৰৈ দিলা যে?", দুয়োটাই ৰৈ দিয়া দেখি মই সুধিলো। " মই এইক দেখিহে ৰৈ দিলোঁ!", স্বপ্নিলে উত্তৰত কলে। " মই এনেকে পাৰ্মিচন নোহোৱাকৈ কেম্পাচৰ বাহিৰলে যাব নোৱাৰোঁ। ", তাই মুখত ভয়ৰ কলা চায়াৰে ঢাকি কলে। আৰু সেই মূহূৰ্তৰ পৰা দহ - পোন্ধৰ মিনিট তাইক বুজাওঁতে পাৰ হল যে তাই কোনো ভুল কৰা নাই। ইমাৰ্জেঞ্চিত ওলাই গলে একো ভুল নহয়। কিন্তু তাইয়ো নাচোৰবান্দা। বহু কষ্টৰ মূৰত তাই মান্তি হল। কিন্তু একেই অৱস্থা মই মোৰ স্কুলত সুমুৱাওঁতেও হল। কিন্তু তেতিয়া দুয়োটাকে বুজাব লগা হল। স্বপ্নিল আৰু তাই কোনো নোসোমাই। তাইৰ মোবাইল ঠিক হল আৰু মই পুৰণা স্কুলৰ শিক্ষক সকলক ওলগ জনাই হোৱাৰ পিছতো আমাৰ হাতত এতিয়াও দুই ঘন্টাতকে অধিক সময় আছিল।

" ভোক লাগিছে! কিবা এটা খাও!", মই কলো। ইতিমধ্যে আমি ষ্টেডিয়ামৰ ওচৰ পাইছিলোহি। মই গান্ধী পাৰ্কৰ ওচৰতে ৰৈ দিলোঁ। তাইৰ সন্মতি পোৱাৰ ক্ষেত্রত মোৰ বিশ্বাস আছিল। কিন্তু স্বপ্নিল এতিয়াও খোৱাৰ পক্ষত নাছিল! এইবাৰ বুজোৱাৰ পাল তাইৰ! মই মাখোঁ ৰৈ ৰেষ্টুৰেন্ট বিচাৰিবলে লাগিলো। আৰু তাই স্বপ্নিলক মান্তি কৰোৱাত। নিজৰ কথা আনক মানিবলে বাধ্য কৰোওৱাত নাৰী সদায়েই শীৰ্ষত আছিল , আছে আৰু থাকিব। প্ৰমাণ মই লগে লগেই পালোঁ। স্বপ্নিল মান্তি হল আৰু তাৰ লগতে মই ৰেষ্টুৰেন্ট এখন বিচাৰি পালোঁ। ষ্টেডিয়ামৰ লগতে ৰেষ্টোৰেন্টখন লাগি আছিল। নাম আছিল "কেফে হট বক্স"। আমি তিনিও ভিতৰলে সোমাই গলো।

ৰেষ্টোৰেন্ট থন প্ৰায় খালিয়েই আছিল। বহাৰ লগে লগেই এজন মানুহে মেনুখন আনি দিলে। ভাবিবলৈ সময় নাছিল। " তিনিটা ভেজ হাক্কা নুডল!", মই তেওঁক কলো। " আৰু কিবা বেভাৰেজ?", তেওঁ আকৌ এবাৰ সুধিলে। " নাই নালাগে!", মই কোৱাৰ লগে লগেই তেওঁ আঁতৰি গল। " এতিয়া যদি মোক হোষ্টেলত গালি পাৰে!", সেই মানুহজনৰ লগত হোৱা কথা বাৰ্তাৰ বাদে তাই এই কথাষাৰেৰে আলোচনাৰ আৰম্ভ কৰিলে। " একো নহয়!", মই কলো। " আৰু যদি কিবা হয়?", তাই পুনৰাই একেটা প্ৰশ্নকে কৰিলে! " মোৰ নাম লৈ লবা! মোক দেখাই কৈ দিবা যে ইয়েই জোৰ- জবৰদস্তি মোক লৈ গৈছিল বুলি!", মই এইবাৰ কোনো ধৰণৰ থং নেদেখুৱাকে হাঁহি হাঁহিয়ে উত্তৰ দিলোঁ। " আচ্ছা!sorry হা !", মই তাইলৈ চাই কলো। " আৰে পিছতে মই কলো দেখোন এবাৰ! আকৌ sorry কোৱাৰ কি দৰকাৰ আছে! থালী ইমান roughly কথা নাপাতিলেই হল আকৌ!" তাইও সহজ ভাৱেৰেই উত্তৰ দি গৈছিল। " সেইটো কথাৰ কাৰণে মই কোৱা নাই?", মই শুধৰাই দিলো। " তেতিয়া হলে?", তাই আচৰিত দৃষ্টিৰে পুনৰ প্ৰশ্ন কৰিলে। " এই পিছত যে মই তোমাৰ হাত দুখন ধৰিছিলো। সেইকাৰণে sorry ।" মোৰ উত্তৰ শুনি তাই হাঁহি দিলে। আৰু তাইৰ লগতে স্বপ্নিলেও।

প্ৰগ্ৰেম আৰম্ভ হৈছিল। কিছু বক্তৃতা, কিছু কবিতা আবৃত্তি, নাচ, গানৰ সমাহাৰেৰে। চলি গৈছিল। ডিন মেডাম নাছিল। প্ৰণতি মেডামেই প্ৰগ্ৰেমৰ আৰম্ভনি কৰিছিল। নাচ - গানৰ মাজে মাজে শিক্ষকৰ সম্বৰ্ধনা অনুষ্ঠান। এজন এজনকৈ শিক্ষকক সম্বৰ্ধনা জনোৱা হৈছিল। ষ্টোদেন্টেৰে গিজগিজাই থকা আমাৰ হলত লাষ্টৰ ফালে চিটত তাই আৰু মই। এতিয়ালৈকেও তাইৰ মোৰ , স্বপ্নিল আৰু জুপলৰ বাদে অন্য কোনো ফ্ৰেন্দ নাই! আচৰিত ছোৱালী! স্বপ্নিল প্ৰগ্ৰেমৰ সময়ত নাছিল। তাৰ আইতাকৰ গা - বেয়া হোৱাত সি ঘৰলৈ উভতি গৈছিল। জুপল অহাই নাছিল আজি। সেই কাৰণতে শেষৰ আসনত আজি কেৱল মই আৰু তাই আৰু আমাৰ কাষে কাষে সকলো ছিনিয়ৰ।

" কি হল? মুখ থন কিয় টেঙা কৰি আছা?", তাই এবাৰ মোলৈ চাই সুধিলে! " নাই কৰা , কত দেখিলা তুমি!", মই কথাটো পেলাবলে চাই কলো। " নাই! ফাঁকি নামাৰিবা! কি হৈছে কোৱা! ", তাই এইবাৰ জোৰ দি সুধিলে। " আচলতে ঘৰত গণেশ চতুৰ্থী পাতিছে। আৰু মই আজি মাংস থাই দিলোঁ তাত! ভুলতেই হওঁক লাগিলে! সিহঁতে ভুলতে চিকেন হাক্কা নুডল দিলেই যেনিবা, কিন্তু খাই যে দিলোঁ! মনটো বহত বেয়া লাগি আছে।", মই কথাটো কলো। কোৱাৰ লগে লগেই মোৰ লাজতে দো থাই গল। " সেইটোনো কথা হল নে! মইও আজি বৃহস্পতিবাৰে মাংস নাখাও। কিন্তু মইও থালোঁ তু। ভগৱানে এইটো নিবিচাৰে যে তুমি থানা নষ্ট কৰি দিয়া। ভগৱানে বিচাৰে যে তুমি অবাবত থানা নষ্ট নকৰা। আৰু আমি দুয়োৰে থানা নষ্ট যিহেতু কৰা নাই! গতিকে আমি একো ভুলো কৰা নাই!", তাই কলে। মই কিন্তু বুলি আকৌ কিবা এটা কোৱাৰ আগতেই তাই আকৌ বুজাবলে লাগিল। প্ৰগ্ৰেমৰ পৰা মোৰ মন আঁতৰি তাইৰ কথাৰ মাজত বন্দী হৈ পৰিছিল। অথনিৰে পৰা মোৰ মনক আৱৰি থকা দোষী দোষী ভাৱটো

এতিয়া আতৰিবলৈ আৰম্ভ কৰিছিল।

প্ৰগ্ৰেমৰ অন্তিম অংশ চলি আছিল। হঠাতে য়াস্মিন বায়ে লুনা মেদামক নাচৰ বাবে আমন্ত্ৰণ জনালে। আমন্ত্ৰণ স্বীকাৰ কৰা হল। নাচত মানুহ সময়ৰ সৈতেই বাঢ়ি গল। এটা সময়ত তাই আৰু মই বাকী থাকিলো। মই এতিয়াও প্ৰগ্ৰেমৰ মাজে মাজে তাইক চোৱাতেই ব্যস্ত আছিলোঁ। আৰু তাই মোক। হঠাৎ তাই কলে," গণেশ ভগৱানৰ কথা বাৰু মই নাজানো কিন্তু তোমাৰ মনৰ ইচ্ছা মই গ্ৰান্ট কৰিব পাৰো। " তাই কলে কিন্তু মই একো নুবুজিলো। তাই বুজাইও নিদিলে। আৰু তাৰ পিছত মোৰ সুধিবলৈ সাহস নাছিল। যদি মই বুজা ধৰনেই তাই কৈছে, তেতিয়া ভাল কথা। কিন্তু যদি কথাটো ভবা ধৰণে নহয় তেতিয়া! মোৰ বাবে এই মুহূৰ্তত বন্ধুত্ব অধিক গুৰুত্বপূৰ্ণ আছিল আৰু তাইৰ বাবেও। এই বন্ধুত্বক এই মুহূৰ্তত হেৰুৱাই পেলোৱাৰ মোৰ মন নাছিল। মই এই সকলো কথা ভাবি থকাৰ মাজতেই তাই নিজৰ মূৰ মোৰ কান্ধত থৈ দিলে। মেডাম আৰু ছিনিয়ৰ, জুনিয়ৰ সকলোৰে মিলি তেতিয়াও নাচি আছিল আৰু গান বাজি আছিল ," দিল ছৰি চাদা হো গায়া অয়ে কি কৰিয়ে কি কৰিয়ে.."

প্ৰেম মাথোঁ প্ৰেম

"এক মিনিট, এক মিনিট! মোৰ doubt এটা আছে।", মই ডায়েৰীৰ পাত লুটিয়াবলৈ লওঁতেই কাকুৱে মাত লগালে। " কি doubt আছে ক?", মইও পাত লুটিওৱা বাদ দি তালৈ চাই সুধিলো। "ইনো বাৰু ইমান অকৰানে? মানে ছোৱালীজনীয়ে চিধা চিধা ইংগিত দিয়াৰ পিছতো বাৰু ই বুজাই নাই নে?", কাকুৱে তাৰ doubt টো কলে। আচলতে মইও কালি সেইটোৱেই ভাবিছিলো আৰু শেষত গম পালো যে আমাৰ হিৰো সঁচাকেয়ে অকৰা। মই বুজাই দিম বুলি ভাবিছো হে ৰণীয়ে মাজতে আকৌ মাত লগালে।

"আৰে! কেনেকৈ বুজিব? ইংগিত হে দিছে অকল একো মুখেৰে স্পষ্টকৈ কোৱাতো নাই! কিবা কলেহে বুজিব। এতিয়া নোকোৱাকৈ বুজিবলৈ সি কিবা ভগৱান নেকি?", সি তাৰ কথা শেষ কৰিলে আৰু সকলোৱে গিৰ্জনি মাৰি হাঁহিবলৈ লাগিল। "ছোৱালীয়ে ইংগিতহে দিয়ে দেহা! আৰু এতিয়া তাইতো তোৰ আগত ' মই তোমাক ভালপাও ' বুলি কিতাপ পড়ি শুনাব নোৱাৰে।", পুটোকাই ৰণীৰ প্ৰশ্নৰ উওৰ দিলে এইবাৰ। আৰু পাৰভেজে এইবাৰ মোলৈ আঙুলিয়াই ৰণীক উদ্দেশ্যি কবলৈ লাগিল," চা! তহত দুইটাই single আৰু ইয়াৰ কিবা হোৱাৰ আশা আছে কাৰণ ই এনেকুৱা কিবা অদ্ভূত কাম কৰিব নিচিনা মোৰ নালাগে। কিন্তু তই যদি মুখেৰে কোৱালৈ ৰৈ থাক মোৰ লগা নাই এই জনমত তোৰ double হোৱাৰ কিবা চাঞ্চ আছে নিচিনা!" হাঁহি একেই উৎসাহৰ সৈতে অব্যাহত থাকিল।

" হব, হব! তই পিছত কি হল ক!", ৰণীয়ে পাৰভেজৰ কথাত কামোৰ পাই মোক পুনৰ ডায়েৰীৰ পাতৰ মাজৰ যাত্ৰাত আগবাড়িবলৈ কলে। আমাৰ যাত্ৰা পুনৰ আৰম্ভ হল, এক চমু বিৰতিৰ অন্তত।

7

পূজা বন্ধ

ফোন লগা নাই! তথাপিও চেষ্টা কৰি আছোঁ, বাৰে বাৰে। চেষ্টাৰ অসাধ্য একো নাই, বুলি কথা এষাৰ আছে। কথাষাৰক এই ক্ষেত্রত প্রয়োগ কৰা উচিত নহয় যদিও মোৰ মনলৈ এতিয়া অন্য কোনো বেলেগ বাক্য অহা নাই। চেষ্টাৰ ফল পালোঁ। ফোনটো ৰিং হল। কিন্তু কোনো সঁহাৰি নাই! আজি প্রথম ফোন কৰিছোঁ তাইলৈ। আগতে মাথোঁ তাই কৰিছিল আৰু মই ৰিছিভ কৰিছিলো। কিন্তু আজি যেতিয়া মই ফোন কৰিছোঁ কোনো সঁহাৰি নাই। নঞর্থক কথাবোৰ মনলৈ আহিবলৈ লৈছিলেই তেনেতে ফোনটো ৰিছিভ কৰিলে। "হেল্লো!", মই এইফালৰ পৰা মাত দিলোঁ। মনত কিছু ভয় , কিছু সংকোচ আৰু বহুতো কিবা কিবি।

" আজি বৰ ফোন কৰিলা! কি বা হল?", তাই সেই ঠাট্টাৰেই কথা আৰম্ভ কৰিলে। অন্য দিনা হোৱা হলে অথবা তাই ফোন কৰা হলে হয়তো মই আজি ঠাট্টাৰেই উত্তৰ দিলোহেঁতেন।কিন্তু আজি! নাই আজি অনেক অনুভূতিয়ে মোক একেলগে আৱৰি ধৰিছে। ওলাই যাবলৈ মই বাট পোৱা নাই। বহ সাহস গোটাই তাইলৈ ফোন লগাইছো। " তুমি কত আছা?", মই সুধিলো । লাজ আৰু সংকোচত মাতটি বৰ সৰুকৈ ওলাল। তাই শুনিয়েই নাপালে। " কি কলা?", তাই অলপ ডাঙৰকৈ মাত উলিয়াই সুধিলে। মই মোৰ প্রশ্ন এবাৰ পুনৰ দোহাৰিলো। " হোষ্টেলতে আছোঁ। পেক কৰি আছোঁ। এটা মান বজাত ওলাই যাম বাছষ্টেণ্ডলৈ।", তাই সহজ ভাৱেই উত্তৰ দিলে। মোৰ মাতত বিশেষ একো ধৰিব নোৱাৰিলে হয়তো ব্যস্ত হৈ আছিল। ভালেই হল! " কিন্তু বাছষ্টেণ্ডলৈ কিয় যাবা?", মই এইবাৰ অলপ কনফিডেন্টলিয়েই সুধিলো। কিন্তু বিধাতাই চাগে মোৰ ইমান বেছি আত্মবিশ্বাস ভাল পোৱা নাছিল। তাই হাঁহি দিলে। মোৰ প্রশ্ন শুনি হাঁহি থাকিল অলপ সময়। তাইৰ হাঁহিৰ শব্দ শুনি শুনি মইও ভাবিবলে ধৰিলো তাৰ আঁৰৰ ৰহস্য।

" তুমি! তুমি! তুমি কিছু জমনি কিন্তু দেই!", তাই হাঁহি হাঁহি কবলে ধৰিলে। " কিন্তু কিয়?", মই বুজি নাপাই তাইক এবাৰ সুধিলো। " কিয় মানে? পূজাৰ বন্ধ দিছে। সব

ঘৰলৈ গৈছে। মইও যাবলৈ ওলাইচো। আৰু মোৰ ঘৰতো তোমাৰ নিচিনাকৈ ইয়াতে নাই। গতিকে ঘৰলৈ বাচতে যাব লাগিব। আৰু তাতে তুমি যদি সোধা বাছষ্টেণ্ডও কিয় যাব লাগে বুলি মোৰ হাঁহি উঠিবই! মোৰ বাদ দিয়া যিকোনো মানুহৰে উঠিব!", তাই মোৰ প্ৰশ্নৰ উত্তৰত কলে। মই এবাৰ কেলেণ্ডাৰলৈ চালোঁ চাৰি তাৰিখে ষষ্ঠী! অহহো! কি যে হব মোৰ? দুবাৰমান কপালতে চপৰিয়ালো। "হেল্লো, শুনিছানে?কিন্তু তুমি কত আছোঁ সেইয়া কিয় সুধিছিলা? কিবা কাম আছে?", তাই মোৰ মাত নুশুনি সুধিলে। "কাম এটা আছিল। কিন্তু তুমি আকৌ যাবলৈ ওলালাই নহয়!!", মই কথাষাৰ কৈ অলপ সময় ওঁঠ কামুৰি ৰলো আৰু তাৰ ক্ষন্তেক পিছতে পুনৰ সুধিলো, "তুমি বাছষ্টেণ্ডত অলপ ৰবা নেকি? কাম এটা আছিল! পাঁচ মিনিটমান ৰলেও হব! ", মই এইটো অনুৰোধেৰে অলপ সময় অপেক্ষা কৰিলোঁ। "ঠিক আছে আহিবা! আই.এছ.বি.টি. খালী এটা বজাৰ আগতে আহিবা! আহি পালেহি ফোন এটা কৰি লবা। ঠিক আছে ৰাখিছোঁ! মই ড্ৰেছ কৰোগৈ!", তাই মোৰ অনুৰোধ স্বীকাৰ কৰিলে। টাটা বাই ৰে কথাৰ সামৰণি পৰিল।

চাইকেলৰ চিটত বহি বহিয়েই ঘড়ীলৈ চালোঁ। কাঁটা দুডালে এক বজাৰ ইংগিত দিছিল। ঘড়ীৰ সময় পাঁচ মিনিট আগবঢ়াই থোৱা আছে। পেট্ৰল পাম্পৰ ওচৰত ৰৈ থকা ট্ৰেভেলাৰে মানুহ ঠেচি ঠেচি সুমুৱাবলৈ আৰম্ভ কৰিছিল। কিছু দূৰৈত বাচ কেইখন ৰৈ আছিল। পূজাৰ আমেজ নিজ নিজ ঠাইত লবলৈ সকলো উভতিছে। বিশেষকৈ ছাত্ৰ - ছাত্ৰী। তাইও উভতিব আজি নিজ ঘৰলৈ। মই পকেটৰ পৰা মোবাইল উলিয়াই তাইৰ নাম্বাৰলৈ ফোন লগালোঁ। ৰিং কৰি আছে কিন্তু ৰিছিভ কৰা নাই। অৱশেষত কাট থাই গল। পুনৰ এবাৰ চেষ্টা কৰিলো। ৰিছিভ এইবাৰো কৰা নাই। আৰু নকৰোঁ আৰু ফোন নিজেই আহিব বুলি ভাবি মোবাইল পকেটত সুমুৱাওঁতেই দেখিলোঁ তাই আগবাটি আহি আছে অকলে। হাতত বেগ এটা আৰু পিছফালে এপে এখন ঘূৰাবলৈ লৈছে। হয়তো তাই এইমাত্ৰ নামি অহা এপেখন। চাইকেল লৈয়েই আগবাটি গলো তাইৰ ওচৰলৈ।

ওচৰতে থকা দোকান কেইখনৰ ওচৰতে তাই ৰৈ গল মোক দেখি। চাইকেল খন ষ্টেণ্ডত লগালোঁ। তাইৰ হাতত উলমি থকা বেগ চাইকেলৰ হেণ্ডেলতে ওলোমাই দিলোঁ। তাই আৰু মই বৰ্তমান খালী হাতে। " ইমান বাৰ ফোন কৰিছোঁ। এবাৰো ৰিছিভ কৰা নাই যে?", মই অলপ কৃত্ৰিম ক্ষোভ দেখুৱাই সুধিলো। তাৰ বিপৰীতে তাই এক অস্বাভাৱিক সাধাৰণতাৰে উত্তৰ দিলে, " তোমাক দূৰৰ পৰাই দেখিছিলো মই! ফোন ৰিছিভ কৰাৰ কোনো দৰকাৰেই নাছিল। কোৱা! কি কাম আছিল?" হৃদস্পন্দন এই কথাষাৰৰ লগে লগেই বাটি গৈছিল। একেই অস্বাভাৱিক ভাৱে। " কথা এটা সুধিবলৈ আছিল। কিন্তু যদি তুমি চৰ বহৰাই নিদিয়া তেতিয়া সুধিম। ", মই এক সংকোচ মনত লৈ সুধিলো। " কিয় চৰ মাৰিম বাৰু তোমাক? তাতে তুমি চাইকেল লৈ ইমান দূৰলৈ আহিচা! সোধাঁ!", তাই হাঁহি হাঁহি কলে। " সঁচাকৈ একো নকৰা তু?", মই প্ৰশ্নবোধক চাৱনিৰে সৈতে এবাৰ পুনৰ কনফাৰ্ম কৰি ললো। " নকৰোঁ অ! সোনকালে কোৱা ! মোৰ দেৰি হব নহলে!", তাই কলে। অলপ সাহস আহিল মনলৈ।

" মই জানা ভবাই নাছিলোঁ, তুমিও মোক ভাল পাবা বুলি। মই সংকোচেৰে আছিলো। সাহস হোৱা নাছিল। আজি দিনত বহি ভাবোতে তোমাৰ কথাষাৰ মনত পৰিল। সিদিনা মই ভালদৰে বুজি পোৱা নাছিলো আজিহে পাইছোঁ। সেইকাৰণে ফোন কৰিছিলোঁ। পূজাৰ কথাও পাহৰিয়েই গৈছিলো। ... ", বহু কিবা কিবি গাই গলো মই এতিয়া নিঃসংকোচে। তাই শুনি গল। মিচিক মিচিক কৈ মাজে মাজে জিলিকি থাকিল লাজকুৰীয়া হাঁহিটি। তাইৰ মুখখন তন্ময় হৈ চাই ৰলো অলপ সময়। তাৰ পিছত পুনৰ মাত দিলোঁ," চোৰা, মই আনৰ দৰে মুক্ত নহয়। এক গণ্ডীৰ মাজতে থাকিব মোৰ প্ৰেম। ঘূৰা- ফুৰা , ভেলেন্টাইন ইত্যাদি মই প্ৰেম হিচাপে নামানো। মই আনৰ দৰে ঘণ্টা ধৰি কথাও পাতিব নোৱাৰো। মই পূৰ্বৰ বন্ধুত্বৰ সম্পৰ্কক বৰ্তাই ৰাখিয়েই তোমাৰ প্ৰেম বিচাৰোঁ। মই তোমাৰ প্ৰেমিক হব বিচাৰোঁ । গাৰ্লফ্ৰেও অথবা বয়ফ্ৰেও শব্দৰ মাজেৰে নহয় তোমাক প্ৰেমিকা হিচাপে বিচাৰোঁ। মই লিখা কবিতা তোমালৈ দিয়াৰ বাদে মোৰ তোমাক দিবলে একো নাই। তুমি যদি মোক এনে অৱস্থাত আদৰি লোৱাত কোনো আপতি নাই তেন্তে মোৰ প্ৰেমিকা হবানে? যদি নোহোৱা তেতিয়াও মোৰ কোনো আপতি নাই! কিন্তু প্লিজ আমাৰ বন্ধুত্ব ভাঙিবলে নিদিবা!", মই তাইলে চাই মোৰ কথাৰ সামৰণি মাৰিলো। লগে লগে তাই মোৰ হাতদুয়োখন নিজৰ হাতৰ মাজত সাৱটি ধৰিলে। আৰু কৈ গল," তোমাৰ কথাবোৰৰ সেতে মোৰ কোনো আপতি নাই। ঘণ্টা ঘণ্টা সময় ফোনত কথা পতাৰ ইচ্ছা মোৰো নাই। গাৰ্লফ্ৰেও অথবা বয়ফ্ৰেওৰ পৰিচয়তকৈ প্ৰেমিক - প্ৰেমিকাৰ ৰূপত পৰিচয় বহু গুণে ভাল। আমাৰ বন্ধুত্বৰ সম্পৰ্কক মই কোনো দিন ভাঙিবলে নিদিওঁ। মই তোমাক কোনো বিশেষ লাভৰ আশাত বন্ধু হিচাপে মানি লোৱা নাছিলো। আৰু এতিয়াও কোনো বিশেষ লাভৰ আশা নাই। ", তাই ৰৈ গল। দুটোপাল চকুলো দুচকুৰ কোণত জিলিকি উঠিল। মই বাধা নিদিলোঁ। ই দুখৰ নাছিল। " বাছ আহিল! মই যাওঁ! দেৰি হব! ভালকৈ থাকিবা!", তাই বাছৰ ওচৰলৈ আগবাটি গল। মই হেণ্ডেলৰ পৰা আঁতৰাই বেগ তাইলে আগবঢ়াই দিলোঁ। তাই বেগ লৈ বাছত উঠিল গৈ। খিৰিকীৰ কাষতে বহিল। দুয়ো দুয়োকে চাই থকাৰ মাজতে বাছ ষ্টাৰ্ট হল। তাই ধীৰে ধীৰে আঁতৰি গল। দুয়ো দুয়োকে হাত জোঁকাৰি বিদায় জনালোঁ।

কিন্তু উত্তৰ! তাইতো খোলা খুলিকে উত্তৰেই নিদিলে! মই বাছষ্টেণ্ডৰ পৰা উভতি আহি জে.পি.আৰৰ লোকনাথ হোটেলত চাহৰ জুতি লঔতে কথাষাৰ মনত পৰিল। মবাইলটো পুনৰ উলিয়ালো। তাইৰ উত্তৰৰ বাবে নাম্বাৰ বিচাৰোঁতেই ৱাটচাপত মেচেজ আহিল। তাইৰেই মেচেজ। এটা ভয়ছ মেচেজ। তাৰ তলতে লিখা আছিল, " সিদিনাখনেই দিম বুলি ভাবিছিলো, কিন্তু তেতিয়া মোৰ কোনো অধিকাৰ নাছিল। আজি আছে। তুমি অলপ আগতে অধিকাৰ দিছা! তোমাৰ অন্য কোনো উপহাৰ মোৰ কাম্য নহয়। মাথোঁ মৰম আৰু এনে উপহাৰবোৰে আগবঢ়ালেই মই সন্তুষ্ট। মন গলে ফোন কৰিবা। মইও কৰিম মন কৰিলে। ভালকৈ থাকিবা। বাই!" মই ভয়ছ মেছেজটো অন কৰিলোঁ। ভাঁহি আহিল মোৰ কবিতা এটাৰ আবৃত্তি। তাইৰ কণ্ঠত তাইৰ ভাৱৰ সেতে। মই চাহ কাপৰ

জুতি লওঁতে কাণত কবিতাৰ আবৃত্তি হৈ আছিল মোৰ প্ৰেমৰ প্ৰস্তাৱৰ গ্ৰাহ্যকৰনৰ প্ৰতীক ৰূপে।

"শুষ্ক ওঁঠৰ দুই কোণত হাঁহিৰ টোপাল
কৰি জীৱনৰ দুবৰি জীপাল
আশাৰ পৃথিৱীত
খোজ দিছোঁ তোমাৰ সতে।
মোৰ নষ্টনীড়ত সিঁচৰিত প্ৰেমৰ টুকুৰা
যাৰ প্ৰত্যেক আঘাতত অনুভূত হৈছে
জীৱনৰ অনন্য......."

8

মিড টাৰ্ম

সৰ্বত্ৰে আনন্দৰ পৰিৱেশৰ অন্ত পৰি কলেজত এতিয়া অসন্তোষৰ বতাহ ববলে আৰম্ভ কৰিছিল। প্ৰায় সকলো ব্যস্ত হৈ পৰিছিল কাগজৰ দমৰ মাজে মাজে মূৰ গুজি। কাৰণ এক অসন্তোষ ভৰা বিষয়ৰ অনাকাংক্ষিত আগমণ ঘটিছিল। মিড টাৰ্ম এক্সামৰ। পঢ়ুৱৈয়ে পঢ়িছিল আৰু মোৰ দৰে ছাত্ৰ সকলে অপেক্ষা কৰিছিল পৰীক্ষাৰ আগৰাতিলে। আগৰাতিত মেলি লৈছিলোঁ সকলো বহী আৰু পঢ়াত ব্যস্ত হৈ পৰিছিলো। অৱশ্যে মাজে মাজে হোৱাটছেপত মেচেজ চোৱা অব্যাহত আছিল।

পৰীক্ষা এঘাৰটা বজাৰ পৰা আছিল আৰু মই দহ বজাৰ আগতেই কলেজত উপস্থিত। ৰুম নং চেক কৰি লৈ আগবাঢ়িলো লাইব্ৰেৰী অভিমুখে। এবাৰ ভালদৰে চকু ফুৰাই লবলে। কিয়নো একঘন্টা সময় এতিয়াও বাকী আছিল আৰু মোৰ হাতত কৰিবলেও বৰ বিশেষ একো কাম নাছিল। বেগ লকাৰত থৈ লাইব্ৰেৰীৰ ভিতৰলে সোমাই গলা। প্ৰথম ছিৰিৰে উঠি গৈ সোঁ হাতে থকা ৰুমতে সোমালো। ফেন চলি আছিল আৰু কেইজনমান মোৰ দৰে ব্যক্তি তাত উপস্থিত আছিল। তাইও বহি আছিল। মই ওচৰলৈ গৈ কাষতে চকী এখন টানি লৈ বহিলোঁ। দুয়ো দুয়োলৈ চাই এবাৰ হাঁহিলো আৰু দুয়ো নিজ নিজ কামত ব্যস্ত হৈ পৰিলোঁ। এই সময়ত দিষ্টাৰ্ব কৰা অনুচিত। প্ৰেমে আমাৰ খোপনি পুতিছিল। আমি প্ৰেমত মজি থাকিব লাগিছিল। কিন্তু এইয়া যে প্ৰেমৰ বাবে সঠিক সময় নহয়!

আজি টেক্সটাইলৰ পৰীক্ষা আছিল। মই চাই গৈছো সকলো বিষয়। কটন, চিল্ক সকলো। মাজে মাজে দীঘলীয়া প্ৰক্ৰিয়া বোৰ। ৰং বিৰঙৰ হাই - লাইটাৰেৰে মই আন্দাৰলাইন কৰি থোৱা বহী খনলৈ চাই তাই এবাৰ হাঁহিলে। তাৰ পিছত নিজৰ চিটৰ পৰা উঠি আহি মোক কলে," উঠা! উঠা!" " কিয়?", মই হঠাৎ তাইৰ এনে ব্যৱহাৰ দেখি সুধিলো। " আৰে , টাইম হৈ গল। নে পৰীক্ষা নিদিয়া নেকি?", তাই ঘড়ী দেখুৱাই

এইবাৰ কলে। মই থৰধৰকৈ সকলো সামৰি তাইৰ সেতে ওলাই আহিলো। লকাৰৰ পৰা বেগ লৈ কলেজলৈ আগবাঢ়োতেই তাই সুধিলে," তুমিতো বহী খন ভালকৈ পঢ়াই নাই। তেতিয়াহলে ইমান আন্দাৰলাইন কিয় কৰিছা?" মই অবাক হৈ তাইলৈ উভতি চালোঁ। মোৰ চাৱনিত হয়তো স্পষ্ট প্ৰকাশ পাইছিল মোৰ মনৰ ভাৱ। তাই পুনৰ কলে, " মইও কৰিছিলো আগতে। একো লাভ নহয় অৱশ্যে।" কথাষাৰ শেষ কৰিয়েই তাই হাঁহিত ফাটি পৰিল আৰু লগতে মইও। আন্দাৰলাইনে প্ৰকৃততেই মোক আজিলেকে কোনো বিশেষ সহায় কৰা নাই!!

পৰীক্ষা হৈ গল। ভালো হোৱা নাই , কিম্বা বেয়াও হোৱা নাই। ঠিক ঠাক হেছে। যিমান সহজ প্ৰশ্ন পেপাৰৰ আশা কৰিছিলো সিমান সহজো অহা নাই। যি কি নহওঁক ওলাই আহিলো পৰীক্ষা হলৰ পৰা। আৰু তাৰ পিছত ক্ৰমে তাই, জুপল আৰু স্বপ্নিল। স্বপ্নিল সৰ্বাধিক সময় ভিতৰত থাকিল। সকলো ওলাই অহাৰ লগে লগেই আৰম্ভ হল প্ৰশ্নোত্তৰ আলোচনাৰ প্ৰক্ৰিয়া। ইউনিভাৰ্ছিটিৰ এক অদ্ভুত নিয়ম আছে প্ৰশ্ন পেপাৰ কেইখনো উভতাই লয়। মই প্ৰথম সন্মুখীন হেছোঁ এনে নিয়মৰ। যিহেতু প্ৰশ্ন পেপাৰখন ঘূৰাই লৈ ললে গতিকে মোৰ প্ৰশ্ন সমূহৰ সমন্ধে কোনো বিশেষ জ্ঞান নাথাকিল। মই অলপ আঁতৰি আহিলো সেই প্ৰশ্নালোচনাৰ জুমটোৰ পৰা। আৰু মোৰ পিছে পিছে তাইয়ো। " কেনেকুৱা হল পৰীক্ষা?", মই সুধিলো। " ঠিকেই ! খালী যিমান আশা কৰিছিলো সিমান সহজো নাছিল। তোমাৰ?", তাই মোৰ প্ৰশ্নৰ উত্তৰ দি সুধিলে। " একেই ! তোমাৰ অৱস্থাই!", মই উত্তৰ দি অলপ হাঁহিলো আৰু মোৰ লগতে তাইয়ো। আমাৰ এই হাঁহি ধেমালিৰ মাজতে জুপল আৰু স্বপ্নিলো উপস্থিত হলহি।

চাৰিটি প্ৰাণী আগবাঢ়িলো ভাৰ্চিতি অভিমুখে কিয়নো জুপলে কেন্টিন যোৱাৰ বিৰোধ কৰিলে। আৰু তাৰ মতামত মানি আমি আগবাঢ়িলো ভাৰ্চিতিলৈ। প্ৰেম প্ৰকৃততে কি? তাই আৰু মই উভয়েই নাজানো। মই প্ৰেমৰ প্ৰস্তাৱ দিছিলোঁ আৰু তাই গ্ৰহণ কৰিছিল। তাৰ পিছত যে আমাৰ জীৱনত সাংঘাতিক কিবা পৰিৱৰ্তন আহিছিল তেনেও নহয়। সম্পৰ্কই বিশেষ কোনো স্থানলৈ গতি কৰাও নাছিল। আমি গুপুত সংবাদৰ চেষ্টা কৰা নাছিলোঁ অথবা ঘণ্টাজুৰি কথা পতাতো ব্যস্ত হোৱা নাছিলোঁ। সকলো একেই আছিল। মাথোঁ মোৰ মনৰ মাজত থকা অনুভূতি কিছুমান তাইৰ সেতে ভগাই লৈছিলোঁ। হয়তো সেয়াই সেই মুহূৰ্তত আমাৰ বাবে প্ৰেম। এতিয়াও দুই এটা কথাৰ মাজেৰে ভাৰ্ছিতি পালোগে। স্বপ্নিল আৰু জুপলে নিজৰ মাজত কিবা আলোচনা কৰি আছিল আৰু আমি দুয়ো আমাৰ মাজত। আমাৰ প্ৰেমৰ কথা এতিয়া আৰু লুকাই থকা নাছিল। বন্ধু সকলোৰেই গম পাইছিল আৰু প্ৰথমতে আমিয়েই সেই সকলোক গম দিছিলোঁ।

তাই সোঁ হাত খন দাঙি লৈ হাই - হেল্লৰ ভংগিমাত জোঁকাৰিছিল। আমি তেতিয়া অদিতৰিয়ামৰ মুখত। মই ইটো মূৰলৈ চালোঁ এজনী ছোৱালী। উহঃ ভগৱান অন্ততঃ এই এজনী বন্ধু গোটালে। অকলশৰীয়া অনুভৱ এতিয়া অন্ততঃ আঁতৰ হব তাইৰ। মই

ভগৱানক ধন্যবাদ দিলো। আমি ভার্টিটি পোৱাৰ আগতেই ছোৱালী জনী আমাৰ ওচৰ পাইছিলহি। আহিয়েই তাই মোলৈ আঙুলিয়াই এইক কলে," এওঁক বাৰু চিনি পাইছোঁ! বাকী দুজন কোন?" " বাকী দুজন এইজন স্বপ্নিল আৰু এওঁ জুপল। এওঁক যদি চিনি পাইছাই আৰু..!! অহ, আৰু এইয়া জেৰি! মোৰ ৰুমমেট!", এই প্ৰথমতে স্বপ্নিল , জুপল আৰু শেষত তাইলে আঙুলিয়াই কলে। চিনাকি পৰ্বৰ খোজৰ সেতেই চলিছিল গতিকে আমি ভার্টিতিৰ ওচৰত ৰৈছিলোগে। তাই এইলে চাই চকুটিপ এটা মাৰিলে আৰু এই মোৰ সোঁ বাহু থামুচি ৰল। এক বিশেষ বৰ্ণাৰ নোৱাৰা অনুভৱ হৈছিল মোৰ। প্ৰেমৰ সংজ্ঞা দেখোন ক্ষণে ক্ষণে সলনি হবলৈ ধৰিছে।

কফি সকলোৰে হাতে হাতে আছিল আৰু মুখত পৰীক্ষাৰ কথা। জেৰি , এজনী ৰঙা - বগা বৰণৰ মধ্যমীয়া উষ্ততাৰ ছোৱালী খুব সোনকালেই আমাৰ সেতে মিলি গৈছিল। বি.এছ.চি.এগ্ৰিৰ আছিল তাই। সকলোৰে হাঁহি হাঁহি কথা পতাৰ মাজে মাজে স্বপ্নিলৰ আৰু জেৰিৰ দৃষ্টি বিনিময় হৈছিল। আৰু তাই আৰু মই আঁৰ চকুৰে লক্ষ্য কৰিছিলো। জুপল নিজৰ কথাত অত্যন্ত ব্যস্ত আছিল। আমাৰ দুয়োৰে এই বন্ধুত্বপূৰ্ণ প্ৰেমৰ আঁৰত হয়তো আৰু এক যুগলৰ প্ৰেম কাহিনীৰ আধাৰ স্থাপিত হৈছিল। কফি কাপ খালী হৈছিল। আমি তিনিটা আৰু তাহাত দুয়ো জনী নিজ নিজ পথেৰে আগবাটিছিলো। মই এবাৰ উভতি চাই তাইৰ পৰা বিদায় লৈছিলোঁ আৰু তাই মোৰ পৰা। কিন্তু স্বপ্নিল আৰু জেৰিয়ে কাৰ পৰা বিদায় লবলৈ উভতিছিল সেইয়া এই মৃহূৰ্তত আমাৰ বুজাৰ সাধ্য নাছিল।

(২)

সকলো ছাত্ৰৰ জীৱনতেই এনে এটা মৃহূৰ্ত থাকে যি মৃহূৰ্তত সি বা তাই ৰিলেক্সড অনুভৱ কৰে। ছাত্ৰ জীৱনৰ প্ৰত্যেক মাহ, ছমাহ অথবা বছৰত এই মৃহূৰ্তটি উপস্থিত হয়হি। পৰীক্ষাৰ অন্তিম দিনটো। এই দিনটোৰ আগমণ লেকে সকলো ছাত্ৰই অধীৰ আগ্ৰহেৰে অপেক্ষা কৰে। এজন সাধাৰণ ছাত্ৰ হিচাপে মইও কৰোঁ! ৰিজালটৰ আগদিনাখনৰ সম্পূৰ্ণ বিপৰীত পৰিস্থিতিয়ে বিৰাজ কৰে এই দিনটোত। টেনচনৰ বিপৰীতে সম্পূৰ্ণ আৰামৰ অনুভৱ, শান্তিৰ অনুভৱ। স্কুলীয়া জীৱনৰ পৰা আৰম্ভ কৰি অনাগত দিনলেকো এই দিনটোৰ এটা বিশেষ মহত্ব আছে ছাত্ৰ সমাজৰ বাবে আৰু আগলেও থাকিব।

আজি সেই দিনটোৰেই আছিল। অৰ্থাৎ আজি মিড টাৰ্ম পৰীক্ষাৰ অন্তিম দিন আছিল। সোমবাৰ, অক্টোবৰ মাহৰ একৈছ তাৰিখ। পাৰ হৈ যোৱা পৰীক্ষাৰ দিন কেইটাৰ দৰে আজিও আৰম্ভণি একেদৰেই হল, লাইব্ৰেৰীত। মই আৰু তাই বহি মেডামে দিয়া নটচ খিনি আকৌ এবাৰ পটি ওলাই আহিলো। এইকেইদিন বাকীবোৰ দিনতকে সোনকালে উঠিব লগা হৈছে। টোপনি কম হৈছে। আৰু তাৰ সমান্তৰালভাৱে কফিৰ কাপ গলস্থ কৰাৰ মাত্ৰা বাটি গৈছে। এতিয়াও ভার্ধিতিৰ পৰা কফি দুকাপ লৈ আগবাটিলো। চেৰিকালচাৰ কলেজৰ মুখতে দাস্টবিন এটা আছে, কফিৰ খালী হৈ যোৱা চিপ কেইটাক তাতে থৈ আমি এইকেইদিন পৰীক্ষা হললৈ আগবাটিছো। আজিও কোনো ব্যতিক্ৰম হোৱা

নাই। মাথোঁ মনটো ভাল লাগি আছে, পৰীক্ষা শেষ হোৱাৰ উছাহত।

উত্তৰ বহী লৈ নিজৰ চিটত বহিলো। মেডামে আহি প্ৰশ্ন পেপাৰ খন দি থৈ গল। বৰ বিশেষ টান প্ৰশ্নও অহা নাছিল। সকলো মেডামে দিয়া নটছৰ মাজৰ পৰাই আহিছিল। সকলোৱে মনোযোগেৰে নিজ নিজ বহীত উত্তৰ দিশত লিখি গৈছিল। সকলোকে এবাৰ চাই মইও লিখিবলৈ আৰম্ভ কৰিলোঁ। দুই বছৰৰ অভিজ্ঞতাৰে মোৰ প্ৰত্যেকটি প্ৰশ্নৰ উত্তৰ 'টু দ্যা পইন্ট' কৈ লিখি গলো। এক্সট্ৰা পেপাৰ লোৱাৰ কোনো প্ৰয়োজনেই নহল। মোৰ উত্তৰ বহীত উত্তৰ লিখি হৈ গল। তেতিয়াও পৰীক্ষা শেষ হবলৈ সোতৰ মিনিট সময় বাকী আছিল। মই এবাৰ ৰিভাইজ কৰি চোৱাৰ চেষ্টা কৰিলোঁ। বহু কষ্টেৰে ৰিভাইজ কৰিও দুই মিনিট সময় হে পাৰ হৈছিল। নাই আৰু নোৱাৰিচোঁ বহি থাকিব। মই উত্তৰ বহী মেডামৰ হাতত জমা দি থৈ হলৰ বাহিৰলৈ ওলাই আহিলো। কিছুৰে মূৰ দাঙি এবাৰ মোলৈ চালে আৰু তাৰ তৎক্ষণাৎ পিছতেই নিজৰ নিজৰ উত্তৰ লিখাত ব্যস্ত হৈ পৰিল। ওলাই অহাৰ আগতে এবাৰ তাইলৈ চালোঁ, মন দি উত্তৰ লিখাৰ কামত ব্যস্ত হৈ আছিল।

" কেনেকুৱা হল পৰীক্ষা? ", তাই বেগৰ চেইন বন্ধ কৰি কৰি ওলাই আহি মোক সুধিলে। তাইৰ পিছে পিছে স্বপ্নিল আৰু জুপল। " ফালি দিছে সি! পোন্ধৰ মিনিট আগতেই জমা দিলে বহী! চোকা মানুহ চোকা কথা!", জুপলে তাইৰ প্ৰশ্নটোৰ উত্তৰ দি কলে। মই একো কবলগীয়া নহলেই। তাৰ উত্তৰ শুনি তাই হাঁহি উঠিল আৰু তাৰ কথাৰ মাজৰ পৰা চোকা মানুহ শব্দটোক দোহাৰি মোৰ পিঠিত থপ থপালেহি। তাইৰ হাঁহি দেখি আমি সকলো হাঁহি উঠিলো। ইমানখিনি বাদ দি এতিয়াও আমি পৰীক্ষাৰ বাকী দিন কেইটাৰ দৰেই ভাৰ্ছিতিলে থোজ দিলোঁ। মই আৰু তাই আৰু স্বপ্নিলৰ সেতে জুপল। অৱশ্যে কথা আজি সকলোৱেই কৈছিল। পৰীক্ষাৰ কথা, মেডাম সকলৰ কথা, বিষয় বোৰৰ কথা ইত্যাদি। সকলো টপিকৰ ওপৰত আজি চৰ্চা হৈছিল। তাই মোৰ বাহত থামুচি আগবাঢ়িছিল। সেই বিপনীত লগ কৰাৰ পিছৰ পৰা এনেদৰে তাই প্ৰায়েই থাকে। কিন্তু হঠাৎ থামুচি থোৱা হাত থন এৰি দিলে। মই এবাৰ চালোঁ কি হৈছে! তেনেতে কাষেদি পাৰ হৈ যোৱা ছিনিয়ৰ বা এগৰাকীক মাত দিলে তাই। এই চিনিয়ৰক হোষ্টেলত থকা সকলোৱে ইমান ভয় কিয় কৰে মই সেইয়াহে নুবুজো! চিনিয়ৰ বা গৰাকী পাৰ হল আৰু তাই পুনৰ নিজ পজিছনলৈ ঘুৰি আহিল।

জেৰী, সেই দিনাৰ পৰা আজিলেকে তাইক আমি প্ৰত্যেক দিনাই ভাৰ্ছিতিত লগ পাইছো। আজিও পালোঁ। পাঁচ কাপ কফি। ইউনিভাৰ্ছিটিৰ মিউজিয়ামৰ কাষতে থকা কদম গছ কেইজোপাৰ তলৰ পকী ভেঁটিতে সকলো বহি পৰিলোঁ। ভোক লগা আৰম্ভ হৈছিল মোৰ। পেটিছ এটা আনিবলৈ গলো আৰু মোৰ পিছে পিছে তাইও। খোৱাৰ ক্ষেত্ৰত আমাৰ ধ্যান - ধাৰণা সকলোবোৰৰ মিল আছে। " চিকেন পেটিছ দুটা দিব দাদা!", মই ভাৰ্ছিতিৰ ওচৰতে থকা অন্যখন দোকানৰ দাদা জনলৈ উদ্দেশ্যি কলো। " আৰু এটা কৈ দিয়া ! মই পইচা দি আছোঁ!", এইবাৰ জুপলে কলে। "দাদা নতিনিটা চিকেন পেটিছ দিব!",

মই শুধৰাই দিলোঁ। অলপ সময় অপেক্ষা কৰাৰ অন্তত অভেনৰ পৰা উলিয়াই তিনিটা চিকেন পেটিছ দাদা জনে আগবঢ়ালে। পেটিছ কেইটা লৈ সকলো আগবাঢ়োতেই তাই মোৰ ওচৰৰ টেবুলতে নিজৰ কফি কাপ থৈ মোৰ হাত খন থামুচ মাৰি ধৰিলে। মই ৰৈ গলো। জুপল আগতেই ৰৈ গৈছিল। " কি হল?", মই তাইলৈ চাই সুধিলো। উত্তৰত তাই চকুৰ ইংগিতেৰে আমি আগতে বহি থকা ঠাই টুকুৰা দেখুৱালে।

তাই কফি থোৱা টেবুল খনৰ ওচৰতে চকী পাৰি থোৱা আছিল তিনিও বহিলো আৰু চাবলৈ ধৰিলো। জেৰি আৰু স্বপ্নিল কথাত মগ্ন। গমেই নাপায় আমি তাৰ পৰা উঠি অহাৰ কথা। " মই এইকেইদিন দুইটাকে মন কৰিছোঁ ইটোৰে সিটোলৈ মনে মনে চাই থাকে! মোৰ সন্দেহ হৈ আছিল, আজি হে ভালকৈ দেখিলোঁ! ", তাই বিচিত্ৰ হাঁহি এটা মাৰি আমাক উদ্দেশ্যি কলে। " অ, অ, মইও মন কৰিছোঁ! তোমালোক দুইটাই যেতিয়া উভতি চোৱা একেটা চাঞ্চতে ইহঁত দুইটাইও উভতি চাই! কিবা এটা হেছে বুলি সন্দেহটোতো মোৰো হৈছিল। ৰবা ফটো দুখন মান তুলিয়ে থওঁ!", জুপলে তাইৰ কথাতে কথা মিলাই কলে আৰু তাৰ মোবাইল উলিয়াই দুয়োৰে ফটো তুলি থলে। মই মাখোঁ তাহাতৰ কথাৰ মজা লৈ পেটিছত মন দিলোঁ।

" তোমালোকৰ কথা শেষ হলে কবা! আমি ৰৈ আছোঁ!", এইবাৰো কথাষাৰ জুপলেই কলে। দুয়ো উচপ খাই উঠিল আৰু আমালৈ চালে। লগে লগে দুয়ো ৰঙা পৰিল। " নাই! নাই! ইমান একো কথা পতা নাই! বলা বলা!", স্বপ্নিল লগে লগে থিয় হল আৰু তাৰ লগতে জেৰীও। দুয়ো লাজতে তলমুৰকৈ কফিৰ থালী কাপ কেইটা পেলাবলৈ দাস্টবিনৰ ওচৰলৈ গল। আমি তিনিও হাঁহি দিলোঁ। এতিয়া আমি ছয়জন উভতিছিলো ভার্চিতিৰ পৰা। কলেজৰ মুখ পাওঁতেই তাহাত দুই জনীয়ে আমাৰ পৰা বিদায় ললে। মই আজি উভতি নাচালো কিন্তু স্বপ্নিলে চাবলৈ মূৰ ঘুৰাওঁতেই জুপলে কাঁহ এটা মাৰিলে আৰু তাৰ মোবাইলটো স্বপ্নিলৰ চকুৰ আগত তুলি ধৰিলে। স্ক্ৰীনত জিলিকি আছিল স্বপ্নিলৰ আৰু জেৰীৰ ফটো। " আৰে ভাই, এইবোৰ কি ফটুৱামি আকৌ! ডিলিট কৰা, ডিলিট কৰা!", স্বপ্নিল জুপলৰ সেতে লাগি লাগি আগবাটিল। আমি বেংকৰ ওচৰ পাইছিলোহি । মই উভতি চালোঁ তাহাঁত দুইজনী হোষ্টেল সোমাবলৈ লোৱা কেকুৰিটোৰ ওচৰ পাইছিলগে। তাইও এবাৰ উভতি চালে। হাঁহি এটা মাৰিলে তাই আৰু তাৰ উত্তৰত মই হাঁহিৰ সেতে চকু টিপ এটা। পৰীক্ষা শেষ হৈছিল আৰু আমাৰ দুয়োৰ সেতেই আৰু দুজনৰ মাজতো এক নতুন সম্পৰ্কৰ আৰম্ভ হৈছিল। মিড টাৰ্মৰ অন্তই দি গৈছিল এক নতুন অধ্যায়ৰ সূচনাৰ বাতৰি।

৯
কলেজ উইক

বহু কেইটা গুৰুত্বপূর্ণ ঘটনা ঘটি গল এই ডেৰ মাহ সময়ৰ ভিতৰতে। কলেজৰ ইলেকচন, মিড টার্ম, আৰু অনেক এনে চাক্ষুষ ঘটনা। আৰু তাইৰ আৰু মোৰ প্রেম কাহিনীৰ আৰম্ভনিৰ ডেৰ মাহতকৈ কিছু অধিক সময়। বহু অভিজ্ঞতা গোট খাইছিল আৰু কিছু কিছু নতুন বন্ধুও। চিনিয়ৰৰ লগত কথা পাতিবলেও আৰম্ভ কৰিছোঁ (দীর্ঘ সময়ৰ বাবে উপেক্ষা কৰাৰ অন্তত!)। মুঠতে এক নতুন পৰিৱেশে মোক আঁকোৰালি ধৰিছে। এক বৃহৎ পার্থক্য মই অনুভৱ কৰিছোঁ মোৰ অতীতৰ সৈতে। কিন্তু এই পৰিৱর্তন মধুৰ!

কলেজৰ ষ্টুডেন্ট ইউনিয়নৰ ইলেকছন হৈ গৈছে কিছুদিনৰ পূর্বে। মই প্রথমবাৰৰ বাবে এনে ছাত্র ৰাজনীতিৰ সৈতে জড়িত হৈছিলোঁ। এনে নহয় যে ৰাজনীতিৰ সৈতে মই অপৰিচিত! কিন্তু প্রকৃত ৰাষ্ট্রীয় ৰাজনীতিৰ সৈতে এনে ছাত্র ৰাজনীতিৰ এক বৃহৎ পার্থক্য আছিল। মই কিছু কিছু ৰাষ্ট্রীয় ৰাজনীতিৰ অনুভৱ কৰাৰ অন্তত এইবাৰ ছাত্র ৰাজনীতিৰ ক্ষেত্রখনক অনুভৱ কৰিবলে আগবাঢ়িছিলো। যি হওক , এক প্রচণ্ড মানসিক চাপ আৰু তাপমাত্রাৰ সৈতে ইলেকচন হৈ গল। মইও প্রায় প্রত্যক্ষ ভাৱেৰেই অৱতীর্ণ হলো। ছেকেণ্ড ইয়েৰৰ সৈতে থার্ড ইয়েৰৰ যুঁজ। অনুভৱ আৰু পৰিৱর্তনৰ তয়াময়া যুঁজত মই পৰিৱর্তনৰ পক্ষে আহতি আগবঢ়ালো। অৱশ্যে ৰাজনীতি মাত্রেই যে লেতেৰা বোকা সেই কথা এইবাৰ পুনৰ অনুভৱ হল। অকথনীয় কিছু ঘটনা আৰু ফার্ষ্ট ইয়েৰৰ বন্ধুক বলিৰ পঠা সজাই অনুভৱী সকলে কৰা ৰাজনীতিয়ে মোক ৰাজনীতিৰ লেতেৰা বোকাৰ কথা মনত পেলাই দিছিল। ইলেকচন শেষ হল কিন্তু তাৰ লগত জন্ম হোৱা বহুতো মতানৈক্য আৰু বৈৰী ভাৱ থাকি গল।

এতিয়া আছিল নৱনির্বাচিত সদস্য সকলৰ পৰীক্ষাৰ সময়, ' কলেজ উইক' । সকলোৰে দক্ষতাৰ প্রমাণ লভিবৰ বাবে আৰম্ভ হবলৈ আগবাঢ়িছে কলেজ উইক, খেল

আৰু জ্ঞানৰ প্ৰতিযোগিতাৰে নিজ নিজ প্ৰতিভা প্ৰদৰ্শন কৰাৰ সুযোগ দিবলৈ। সকলো উৎসাহিত। তাই, স্বপ্নিল আৰু কলেজৰ অনান্য বহু লোক। লগতে জুপল আৰু মইও কিন্তু খেল অথবা অনান্য প্ৰতিযোগিতাৰ আকৰ্ষণত নহয়, বৰঞ্চ ঘৰলৈ সোনকালে যাবলৈ পোৱাৰ আশাতহে। তদুপৰি কলেজ উইকৰ প্ৰধান তিনিদিনত ঘৰত থাকি আমেজ লোৱাৰ আশাত আমি উৎফুল্ল হৈ আছিলোঁ। সকলোৰে মাজত খেল - ধেমালিক লৈ আলোচনা চলাৰ বিপৰীতে আমাৰ মাজত কিমান দেৰি নিদ্ৰা দেৱীৰ কোলাত ঢলি পৰি থাকিব পাৰি তাৰ সমন্ধে আলোচনা চলিছিল। পূৰাদমে!

ত্ৰিশ নৱেন্বৰ কলেজ উইকৰ আৰম্ভণি হবলৈ আগবাঢ়িছে। নয়নমনি বাৰ অনুৰোধত মই আৰু জুপল অংশগ্ৰহণ কৰিবলৈ বাধ্য। স্বপ্নিলো বাধ্য হল হেঁতেন কিন্তু দুৰ্ভাগ্যবশতঃ হোৱা এটা এক্সিডেন্টৰ বাবে সি ভৰিত দুখ পালে। সেইবাবে সি কলেজলৈ অহা নাই! উপায় নাই! ভাগ্য! আজিৰ আবেলি তিনি বজাৰ পৰা আৰম্ভ হোৱাৰ কথা সবাতোকৈ ভয়ংকৰ প্ৰতিযোগিতা "আকস্মিক বক্তৃতা "! যোৱা বাৰ - চৌধ্য বছৰে মই সবাতোকৈ বেয়া পোৱা প্ৰতিযোগিতা। কিন্তু উপায় নাই! বহি পৰিলোঁ ক্লাছ শেষ হোৱাৰ পিছত। মোৰ লগতে অনেক আছিল আৰু ! তাইও আছিল মোৰ কাষতে বহি। কিন্তু প্ৰতিযোগী হিচাপে নহয়! সমৰ্থক হিচাপে। অদ্ভুত নহয়নে? কিন্তু তাই এনেকুৱাই। মই বহুবাৰ এনে ভাৱেই আচৰিত হৈছোঁ তাইৰ কথা শুনি। বাৰু যি হওঁক! আমি অনেক সময় অপেক্ষা কৰাৰ অন্তত চয়নিকা মেডাম, ৰুমা মেডাম আৰু মুন্টি মেডাম সোমাই আহিল ৰুমৰ ভিতৰলৈ। নয়নমনি বা, গৌৰী বা , ৰুমী বা, দুষ্মন্ত দা আৰু জ্ঞানদীপে ঠাই টুকুৰা প্ৰতিযোগিতা অনুষ্ঠিত কৰিব পৰাকৈ ইতিমধ্যে সজাই তুলিছিল।

মুন্টি মেডামৰ ঘোষণা, চয়নিকা মেডামৰ ৰুলছ এও ৰেগুলেচন আৰু গৌৰী বাৰ এংকৰিঙেৰে আৰম্ভ হল কমিউনিটি চায়েন্স কলেজৰ "কলেজ উইক ২০১৯" ৰ শুভাৰম্ভ। গৌৰী বায়ে নামৰ ঘোষণা কৰি গল। বৰ্ণালীৰ বক্তৃতাৰে আৰম্ভ হল এই প্ৰতিযোগিতাৰ। আৰু তাৰ পিছতেই মোৰ নাম!! চিৰিয়াছলি! ইমান সোনকালে? মই প্ৰশ্নবোধক দৃষ্টিৰে এবাৰ নয়নমণি বালে চালোঁ। বায়ে মাথোঁ হাত দুখন দাঙি চাৰেওৱাৰ কৰিলে। এনেতে এখন হাতে মোৰ হাতত স্পৰ্শ কৰিলে পজিতিভ এনাৰ্জীৰ সঞ্চাৰণেৰে। হাত খন তাইৰ আছিল। মই তাইৰ চকুলৈ চালোঁ আৰু তাই মোলে। তাৰ পিছত এবাৰ গৌৰী বালে আৰু পুনৰ তাইলে। " যোৱা! যি মনলৈ আহে কৈ দিবা! ফালি দিবা!", তাই মিচিকিয়া হাঁহি এটিৰ সেতে কলে। তাৰেই এই সময়ত প্ৰয়োজন আছিল। উঠি গলো। কাগজৰ চিত এখন উলিয়াই আনিলো। " বিৰাট কোহলি" , উহহ তেনেই সহজ দেখোন! মই মনতে এবাৰ ভাবি কাগজ থিলা মেডামক জমা দি লেকচাৰ ষ্টেওৰ দিশে আগবাঢ়িলো। কিন্তু! অধিক আত্মবিশ্বাস হানিকাৰক! মই মাইকৰ সন্মুখত ৰৈ কথাষাৰ অনুভৱ কৰিলোঁ।

কি কলো? নাজোনালো! যি মনলৈ আহিছিল কৈ গলো। আহি চিটত বহাৰ পিছত তাইক সুধিলো। ঠিক সুধা নাই মাথোঁ চকুৰ ব্যৱহাৰেৰে এক ইংগিত দিলোঁ। " ঠিকেই আছিল! খেলী তুমি বিৰাটৰ বিয়াৰ থবৰ বেছিকৈ পাইছিলা যেন লাগিছে। ইমান দেৰি অকল

বিয়াৰ কথা?", তাই হাঁহি হাঁহি কলে। আৰু তাইৰ লগতে মইও হাঁহি পৰিলোঁ। আৰু আমাৰ হাঁহিৰ সমান্তৰালভাৱে বক্তৃতাও চলি গল। কাৰোবাৰ দেউতা, কাৰোবাৰ মহেন্দ্ৰ সিং ধোনি আৰু কাৰোবাৰ ভন্টি, যদি কাৰোবাৰ বিষয় পৰিল বিপনী। সকলোৱে কলে নিজ নিজ ভাষাৰে নিজ নিজ সাধ্যতাৰে। প্ৰিয়ংকা বায়ে কি বক্তৃতা দিলে! বাহঃ! ফাৰ্ষ্ট প্ৰাইজ কনফাৰ্ম।

কিন্তু ৰিজাল্ট আমি আশা কৰা মতে মুঠেও নাহিল। প্ৰিয়ংকা বাৰ বক্তৃতাক নাকচ কৰি দিয়া হল মাথোঁ এটা কথাৰে। তেওঁৰ হেনো বক্তৃতাটোত ব্যক্তিগত জীৱনৰ কথা প্ৰকাশ পাইছিল! অবিশ্বসহনীয় নহয়নে? নিশ্চয় হবই! উপায় নাই! মহেন্দ্ৰ সিং ধোনিয়ে ফাৰ্ষ্ট প্ৰাইজ, বিপনীয়ে ছেকেও প্ৰাইজ আৰু দেউতাই থাৰ্ড প্ৰাইজ নিলে। আৰু মই আৰু তাই এই সিদ্ধান্তৰ সেতে মুঠেও সন্মত নাছিলোঁ।

সেই কথাকে আলোচনা কৰি কৰি আমি দুয়ো আগবাটিলো ভাৰ্চিটিলে। জুপল তাৰ নাটকৰ প্ৰেক্টিছৰ কাৰণে গলগে। আজি জেৰী নাছিল। জেৰিতো বাদেই, কোনোৱেই নাছিল চিনাকি! মাথোঁ আমি দুয়ো! কফি দুকাপ লৈ দুয়ো সেইকনতে থিয় হলো। " বেয়া লগা নাই?", তাই অকস্মাতে সুধিলে। " কিয়? কিয় বেয়া লাগিব?", তাইৰ আকস্মিক প্ৰশ্নত ব্যতিব্যস্ত হৈ মই কলো। " প্ৰাইজ নোপোৱাৰ কাৰণে!", তাই কলে। মই মূৰ জোঁকাৰি উত্তৰ দিলোঁ, নাই লগা মোৰ বেয়া! তাই হাঁহিলে আৰু তাইৰ সেতে মইও। মোৰ হাতখন তাইৰ হাতৰ ওচৰলে আগবঢ়াই দিলোঁ। কিন্তু তাইৰ হাতখন স্পৰ্শ কৰাৰ আগতেই ৰৈ গলা। অনুমতি অবিহনে কেনেকৈ? এবাৰ ভাবিলো। তেনেতে তাই মোলে চাই নিজৰ চকুৱেই বাৰ্তা দিলে। মই তাইৰ হাতখন মোৰ হাতেৰে তুলি লৈ আৰম্ভ কৰিলোঁ ভাৰ্চিটিৰ পৰা উভতনি যাত্ৰা।

(২)

দিন পাৰ হৈ গৈছে মসৃণ গতিৰে। আৰু তাৰ সেতে পাৰ হৈ গৈছে বহুতো মধুৰ মূহৰ্ত। কিছু পাহৰি যাব নলগীয়া মূহৰ্ত। নীলা আকাশৰ তলে তলে আমি পদব্ৰজে বিচৰণ কৰি ফুৰা এনে মূহৰ্ত বোৰৰ মাজেৰেই আগবাটি কলেজ উইকে আধা সময় অতিক্ৰম কৰিলে। কিছু হাঁহিৰ থোৰাক যোগোৱা ঘটনা আৰু কিছু অবাক কৰি দিয়া ধৰণৰ ঘটনাও ঘটিল।

সিদিনা "পষ্টাৰ মেকিং"ৰ প্ৰতিযোগিতা আছিল। মোৰ অংশ লোৱাৰ কোনো ধৰণৰ ইচ্ছা নাছিল। সেয়ে মই অতি সন্তপৰ্ণে ক্লাছ ৰুমত গৈ বহি পৰিলোঁ। তেতিয়ালৈকে কোনো অন্য জন - প্ৰাণী আহি উপস্থিত হোৱাই নাছিল। যি কেইজন আহিছিল সকলো প্ৰতিযোগিতাৰ বাবে আহি , প্ৰতিযোগিতা অনুষ্ঠিত হোৱা ঠাইত আছিলগে। তাতে আজি ইংলিছৰ ভাইভা লোৱাৰ কথা, মই কোনোপধ্যেই প্ৰতিযোগিতাত ভাগ লব নোৱাৰো।

মই কথা খিনি এবাৰ মনতে ভাবি লৈ হাত ভৰি মেলি লৈ বহিবলৈ লেছোঁহে এনেতে নয়নমণি বা আৰু যিশু দা আহিল। উদ্দেশ্য , প্ৰতিযোগী সংগ্ৰহ। "পষ্টাৰ মেকিং"ৰ প্ৰতিযোগিতাই প্ৰতিযোগীৰ ভীষণ অভাৱত ভুগিছে। মোৰ হাজাৰ বিৰোধৰ অন্ততো

• 40 •

কিন্তু মই প্ৰতিযোগীৰ আসনত বহিব লগীয়া হল। অৱস্থাটো ঠিক এনেধৰণৰ যে, মোৰ মগজু প্ৰতিযোগিতা থলীতত আৰু হৃদয় ভাইভাৰ থলীতত। এক অদ্ভুত অস্বস্তি। তাতে প্ৰতিযোগিতাত ব্যৱহাৰ কৰিব লগীয়া কোনো বস্তুৱেই মোৰ হাতত নাই। স্বপ্নিল মোৰ আগৰ আসনত। সি সম্পূৰ্ণ ৰূপে সু সজ্জিত। তাৰ হাতত আছে, কালাৰ ব্ৰাছ, পেঞ্চিল, ৰাবাৰ, কলৰ বক্স, ইত্যাদি সকলো। আৰু তাৰ বিপৰীতে মোৰ হাত সম্পূৰ্ণ খালী। একো নাই! মোৰ হাতত একোৱেই নাই, মেঝৱাইটাৰৰ বল পেনটোক বাদ দি।

গোটাই দিলে। নয়নমনি বা, যিশু দা, আৰু জ্ঞানদিপে প্ৰায় সকলো বস্তুৱেই গোটাই দিলে। কাগজকে ধৰি পেঞ্চিল, ৰাবাৰ, শাৰ্পনাৰ আয়োজকৰ তৰফৰ পৰা, কালাৰ ব্ৰাছ আৰু কালাৰ স্বপ্নিলৰ পৰা গোটোৱা হল। প্ৰায় এক - দেৰ ঘন্টা জুৰি সকলো ব্যস্ত হৈ পৰিল, মইয়ো। সময় হোৱাৰ লগে লগে সকলো ওলাই আহিল। কি আকিলোঁ নাজানো! ঠিক বেয়া হোৱা নাছিল মোৰ পষ্টাৰখন কিন্তু প্ৰাইজ পাব লগীয়া ধৰণে ভালো হোৱা নাছিল। যি হওক ওলাই আহিলো। কিন্তু ভাইভা ইতিমধ্যে শেষ হৈছিল। আমাক পিছত লোৱাৰ কথা কলে। সেই পৰিস্থিতিত কি কৰিম মই বুজি নাপালোঁ।

কলেজ উইকৰ দুটা দিন কোনো প্ৰাইজ অথবা মেডেল অবিহনে পাৰ হোৱাৰ পিছত কালি মোৰ প্ৰথমটো মেডেল গোট থাইছে। থাৰ্ড পজিচন "চেলফ কম্পজদ পয়েম ৰিছাইটেছনত"। তাত মোৰ আবৃত্তিৰ কৌশলতকে মোৰ ৰচনাশৈলীৰ কৃতিত্ব বেছি আছিল। আৰু মোৰ প্ৰথমটো কৃতিত্বৰ সেতে মোতকৈ তাইৰ আনন্দ বেছি আছিল। কিয় আছিল? তাইহে ভালদৰে জানিব! কফিও কালি সকলোকে তাইয়েই খুৱাইছিল। হয়তো এইয়াই প্ৰেম। বন্ধুত্বৰ মাজে মাজেই এনেদৰে হয়তো জিলিঙনি দেখা যায় প্ৰেমৰ।

আজি কাৰ্টুনিঙৰ সেতে ক্লে মডেলিং আৰু ৰংসুলিৰো প্ৰতিযোগিতা আছে। মই পাহৰিয়েই গৈছিলো। ৰাতিপুৱা তাইৰ ফোন কলটোৱে জগালে মোক। আৰু সেই ফোন কলৰ বাবেই মই এতিয়া চিৰি বগাই প্ৰায় দৌৰি ওপৰৰ মহলালৈ আহি আছোঁ। কেইটামান গালি আৰু অলপমান অনুৰোধ। তাইৰ এই সমূহ বস্তুৱেই মোক উৎসাহ দিলে।

"মে আই কাম ইন মেডাম!", মই দুৱাৰ মুখত ৰৈ মেডামক সুধিলো। ববিতা মেডাম ভিতৰত আছিল, ইফালৰ পৰা সিফালৈ ঘুৰি থাকি। "আহা!", মেডামে ভিতৰলৈ মাতিলে। " ইমান দেৰি কিয় হল?", মই ছিট এটা বিচাৰি বহিবলৈ লওঁতেই মেডামে সুধিলে। " ট্ৰেন থল অহাৰ কাৰণে ট্ৰেফিক জাম হৈ গৈছিল মেডাম!", এই দুটামান মিছা কথাই মোক এতিয়ালেকে প্ৰায়বোৰ ক্ষেত্ৰতে বচাই আহিছে। আজিও কাম কৰিলে।

" ডিমনিটাইজেচন , এইটো টপিকৰ ওপৰত কাৰ্টুন আঁকা!", মেডামে কথাটো কৈ আঁতৰি গল। আৰু যিশু দাই মাৰ্কাৰ আৰু পেঞ্চিলৰ সেতে কাগজৰ যোগাৰ দিলে। আৰম্ভ হল কাৰ্টুনিঙ। মোদী চাহাব, জেটলি চাহাব, অমিত ভাই আৰু সাধাৰণ জনতাৰ সমাহাৰেৰে আৰম্ভ হল মোৰ কাৰ্টুন অংকনৰ কাম। তাত ক্ৰমে ক্ৰমে সন্নিবিষ্ট হৈ গল পাঁচিশ আৰু এক হাজাৰ টকীয়া নোট, এ. টি. এমৰ সন্মুখত ব্যগ্ৰ মানুহৰ পৰ্ব্বৰাৰ দৰে

শাৰী। উপলোঙা আৰু প্ৰশংসাৰ মাজেৰে গতি কৰা কাৰ্টুনৰ পৰৱৰ্তী সময়ত মাটিৰ প্ৰৱেশ ঘটিল। কাৰ্টুনিংৰ অন্তৰ লগে লগেই আৰম্ভ হল ক্লে মডেলিঙৰ প্ৰতিযোগিতা। যিশু আৰু ববিতা মেডাম , দুয়োজনেই পুনৰ বাৰ ঘোষণা আৰু বিতৰণ কৰিলে যাৰ‌তীয় সামগ্ৰীৰ। টপিক আহিল " ফ্ৰুট বাস্কেট"।

একেই গতিৰে কাম চলিল। আৰু চলিয়েই থাকিল যেতিয়ালেকে সম্পূৰ্ণ নহল। কল, আপেল, আমেৰে বাস্কেট ভৰাবলৈ আৰম্ভ কৰোতেই তাই কৰিদৰে দি আহিল, অকলে। মোৰ সন্মুখত আহি ৰৈ দিলেহি। এবাৰ বাস্কেটলৈ চালে আৰু এক উজ্জ্বল হাঁহি বিয়পাই দিলে। দুয়োৰে ওঁঠত , তাইৰো আৰু মোৰো। তাৰ পিছত স্বপ্নিলৰ বাস্কেট টোলৈ চালে। এতিয়া তাৰ বাস্কেট আধাও হোৱাই নাছিল। তাই অলপ আঁতৰত ৰলগে। মোৰ বাস্কেট সাজু হৈ উঠিল। উঠি গৈ জমা দি থৈ আহিলো। উভতি আহোঁতে তাই দাদা এজনৰ মডেলটো চাই ৰৈ আছিল। সাইলাখ সজীৱ ফলৰ সমাহাৰ তাত। ৰঙৰ বাদে সকলোবোৰ যেন সজীৱ। এইটো প্ৰতিযোগিতাত পুৰস্কাৰ লাভ মোৰ বাবে অসম্ভৱ।

আজিৰ সকলো প্ৰতিযোগিতা শেষ হল। আমি তিনিও ওলাই আহিলো। পেটত নিগনিয়ে দৌৰিবলৈ আৰম্ভ কৰিছিল। " মই এই কেইটাত প্ৰাইজ পোৱা অসম্ভৱ! বাকীবোৰ মানুহ কিছু টেলেন্টেড । এই স্বপ্নিলেও কম কৰা নাই। ই পাব। ৰঙলিত চাগে তোমালোকেও পাব পাৰা।", মই খোজ কঢ়াৰ মাজতে তাইক কলো। তাই এবাৰ মোলে চালে আৰু তাৰ পিছত মনে মনে থাকিল। স্বপ্নিলে এবাৰ মোৰ কথাৰ প্ৰতিবাদ কৰিলে আৰু তাৰ পিছত সি কাৰোবাৰ ফোন ৰিছিভ কৰিবলে আমাতকৈ দুখোজমান পিছুৱাই গল। যাত্ৰা আছিল কেন্টিন মুখী। মই গোটেইছোৱা সময় কথা কৈ কৈ আগবাটিলো আৰু তাই মোৰ কথাৰ মাজে মাজে হা, না মাত মাতি, স্বপ্নিল ফোনত কথা পতাত মগ্ন হৈ।

আমি কেন্টিনত সোমোৱাৰ আগতেই জেৰী বহি আছিল। আমাক দেখিয়েই তাই বহি থকাৰ পৰাই হাত জোঁকাৰি ইংগিত দিলে। আমি তাইৰ টেবুল থনৰ ওচৰলেকে আগবাটি গলো। আৰু আমাতকৈও আগতে স্বপ্নিল। কথা বতৰা আৰম্ভ হল। তাই অলপ শান্ত হৈ থাকিল আৰু মই তাৰ সম্পূৰ্ণ বিপৰীতে। খাদ্য একেই থাকিল , পৰ‌ঠা। দি থৈ গল। আজি খোৱাৰ পাছত বেছি দেৰি বহা নহল। জেৰীৰ ক্লাছ থকাৰ গতিকে তাই সোনকালে গলগে। আমিও ধীৰে ধীৰে কেন্টিনৰ পৰা ওলাই আহিলো।

"কি হল তুমি হাঁহি মৰা বন্ধ কৰিলা নেকি?", স্বপ্নিল অলপ আগুৱাই যোৱা সময়তে মই তাইক সুধিলো। " নাই! কিয়?", তাই উত্তৰ সৈতেই ওলোটাই মোকেই প্ৰশ্ন কৰিলে। মই তাইৰ প্ৰশ্নৰ উত্তৰ দিলোঁ " নাই! সদায় হাঁহি থকা মানুহজনিয়ে আজি হাঁহা নাই যে সেইকাৰণে।" আৰু তাৰ সঁহাৰি তাৎক্ষণিক ভাৱে আহিল এনেদৰে ," মোৰ ভাল লগা নাই! মনটো! সেইকাৰণে!" আৰু এই বাক্যটোৰে মোক এটা জুকাৰণি দিলে অন্তৰৰ মাজত! "উকিয়? কিয় ভাল লগা নাই?", মই কৌতুশলত সুধিলো। " চোৱা, তুমি কলেজ উইক আৰম্ভ হোৱাৰ পৰা প্ৰাইজ নোপোৱাৰ কাৰণ কৈ আছা! আৰু সেইটো মোৰ একেবাৰেই ভাল লগা নাই! মই তোমাক ৰাতিপুৱা ফোন কৰি জগাইছো মানে সি এইটো

নুবুজাই যে তোমাক মই প্ৰত্যেক ইভেন্টত প্ৰাইজ জিকি আনিবলৈ কৈছোঁ। তোমাৰ কি টেলেন্ট আছে ইমান দিনে মই গম পাইছো। তুমি তোমাৰ প্ৰতিভা অনুসৰি প্ৰাইজ পাবা মই সেইয়া জানো। তুমি মোক প্ৰত্যেক ক্ষেত্ৰৰ বিফলতাৰ বৰ্ণনা দিয়াৰ কোনো দৰকাৰ নাই। মই বুজো, আৰু সেইকাৰনেই হয়তো তোমাৰ প্ৰেমত পৰিলোঁ। প্ৰেম মানে কোনো দান - প্ৰতিদান অথবা উপহাৰ - প্ৰতিউপহাৰৰ মাজেৰে জন্মা সংজ্ঞা নহয়। তুমি মাথোঁ যুঁজা মোৰ সেয়াই ইচ্ছা। জয় অথবা পৰাজয়ৰ সমন্ধে পিছত দেখা যাব! " মোৰ প্ৰশ্নৰ উওৰত তাই কলে। তাইৰ উদাস চকুজুৰিলে এবাৰ চালোঁ। কিন্তু অধিক সময় চাই থাকিব নোৱাৰিলো। মোৰ মূৰটো অলপ দুঁ থাই গল। অলপ সময় দুয়ো মৌন। মৌনতাৰে খোজ - কাটি আহি আছোঁ। " আৰু নকওঁ আৰু! হল! এতিয়া এবাৰ হাঁহি দিয়া!", মই তাৰ অলপ পিছতে কথা পাতলাবলে কলো। তাই মোলে চালে আৰু মই তাইলে। কেতিয়াবা কেতিয়াবা মুখৰ ভাষাৰে কৰিব নোৱাৰা ভাৱৰ বিনিময় চকুৰে কৰি দিয়ে। চকুৰে ভাৱৰ বিনিময় কৰি দিলে। ভাৱৰ বিনিময়ে মনৰ বোজাও পাতল কৰে। তাই আগৰ ৰূপলে উভতি আহিল। হাঁহি আৰু খিল খিলনিৰে মাজেৰে আমি আগবাঢ়োতে স্বপ্নিলে বেংকৰ ওচৰত ৰে আমালেকে চাই আছিল।

(৩)

আজি সাত ডিচেম্বৰ , কলেজ উইকৰ অন্তিমটো দিন। বৰ সোনকালে পাৰ হৈছে দিন কেইটা। ভাল লগা সময়বোৰৰ প্ৰায়েই এনে হৈয়েই। ৰাতিপুৱা নটা বাজিছে ভাৰ্চিটি কিন্বা অন্যটো কেফে একোৱেই খোলা নাই। ঠাওঁ পৰিবলে লেছে দিন পাৰ হোৱাৰ লগে লগে। কুঁৱলীৰ মাজে মাজে আগবাটিলো আই. ডি. এ. বিল্ডিঙ অভিমুখে , দাদাই মোক লাইব্ৰেৰীৰ কাষতে নমাই থৈ উভতি গল। কেফে বন্ধ আছে কিন্তু লৰা - ছোৱালী গোট খাইছে। স্বপ্নিলক ফোন কৰিলোঁ। আজি সি আৰু মই কুইজৰ গ্ৰুপত আছোঁ। সি ফোন উঠালে, স্টেডিয়ামত আছে। অদিটোৰিয়ামৰ মুখৰ পৰা উভতি স্টেডিয়ামলৈ বুলি খোজ দিলোঁ। তাইক এবাৰ ফোন কৰোঁ বুলি ভাবিও ফোন নকৰিলোঁ। মাথোঁ খোজ আগবঢ়ালোঁ স্টেডিয়াম অভিমুখে।

নাই, স্বপ্নিল নাহে। পাঞ্জা খেলি হে আহিব হেনো সি। ইফালে এতিয়াও ৱেইট লিফটিঙৰ প্ৰতিযোগিতাই চলি আছে। বহ বুজোৱাৰ পিছত হে আহিল। বিৰাট কষ্ট, হহঃ! আমি আহি আই. ডি. এ. বিল্ডিঙত সোমাওঁ মানে তাই ভিতৰৰ পৰা ওলাই আহি মোক কেৰাকে চালে। আৰু একো নোকোৱাৰাকে ভিতৰলৈ সোমাই গল। তাইৰ পিছে পিছে মই আৰু মোৰ পিছে পিছে স্বপ্নিল। ভিতৰৰ হলত নয়নমনি বা, ৰূমি বা আৰু অনান্য বহুতো ৰে আছিল। মই মাত দি ভিতৰতে ৰলোগে। তাই মোলে চোৱাই নাই। মই লাহেকে তাইৰ কাষ চাপি গলো। "কি হল?", মই ফুচফুচাই সুধিলো। "একো নাই!", তাই চুটিকৈ উওৰ দিলে। "কোৱা না, কি হল?", মই পুনৰ সুধিলো। "ফোন চোৱা নিজৰ!", তাই পুনৰ চুটিকৈয়ে উওৰ দিলে। মই ফোন উলিয়াই চালোঁ, তাইৰ মিছদ কল পাঁচটা।

মই তাইক কিবা কোৱাৰ আগতেই নয়ণমনি বাৰ লগত তাই ওলাই গল বাহিৰলৈ। অলপ পিছত উভতি আহি কলে," বায়ে মাতিছে! সোনকালে আহা!" আৰু তৎক্ষণাৎ উভতিলে। মই তাইৰ পিছে পিছে। স্বপ্নিল ইতিমধ্যেই বাহিৰলৈ ওলাই গৈছিলেই। " শুনা, না! অলপ হেলপ কৰিবা নেকি? বলা না বস্তু অলপ আনিব লগা আছে কলেজৰ পৰা! ", নয়ণমনি বাই মই তাইৰ মুখৰ আগত হাজিৰ হোৱা মাত্ৰেই মোক কলে। মই সন্মতি জনাই বাৰ লগে লগে খোজ দিলোঁ। আমাৰ সেতে তাই আৰু স্বপ্নিলেও খোজ দিলে। মূন্টি মেডামৰ গাড়ীখন লৈ আমি আগবাটিলো কলেজলৈ। নয়ণমনি বা আগৰ চিটত আৰু আমি তিনিটা পিছৰ চিটত। তাই এতিয়াও মৌন।

চিৰি বগাই এফ.আৰ.এমৰ দিপাৰ্টমেন্টলৈ উঠি যাওঁতে তাইক কলো," আৰে , খোজ কাটি থাকোঁতে গম নাপালোঁ। ইমান একো ডাঙৰ কথা নহয় দিয়া! " তাই এবাৰ চকুকেইটা টেলেকা কৰি মোলে চালে আৰু পিছমূহূৰ্তৰতে মোলে পিঠি দি পুনৰ চিৰি বগাবলৈ লাগিল। " আৰে, কি ডাঙৰ কথা হল নো?", মই কলো। " কালি ৰাতি দেৰিলৈকে মেচেজ কৰাৰ পিছত তোমাক ইমান সোনকালে উঠাবলৈ মোৰ মন নাছিল। সেইকাৰণে মই ফোন কৰিম বুলি ভাবিও ফোন নকৰিলোঁ। মই কি জানো, তুমি ইমান সোনকালে ৰেডী হে থাকিবা বুলি! তাতে তুমি কুইজত ভাগো নোলোৱা দেখোন। মোৰ কাৰণে মিছাকৈ কষ্ট কিয় কৰিব লাগে বুলি মই ডিষ্টাৰ্ব নকৰিলোঁ। আৰু ফোন ৰিচিভ নকৰিলোঁ, কাৰণ মই গমেই নাপালোঁ, ফোনটো চাইলেন্ট মুডত আছিল।", মই কৈ গলো।

তাই ৰে গল আৰু তাইক দেখি মইও। " তুমি মোক বাছ ষ্টেণ্ডৰ ওচৰত কি কৈছিলা?", তাই সুধিলে ঘূৰি লৈ। " কি কৈছিলো?" , মই প্ৰশ্নটো ওলোটাই তাইকেই সুধিলো। " কি কৈছিলো মানে? কৈছিলা যে তুমি মোৰ লগত বাহিৰত ঘূৰি ফুৰিব নোৱাৰিবও পাৰা। এটা গঞ্জৰ মাজত থাকিব আমাৰ প্ৰেম। সেইমতেই মই তোমাৰ লগত এনে অৱস্থাতেই সময় কটাবলৈ চাঞ্চ পাওঁ। কিন্তু তুমি সেইটোও হবলৈ দিয়া নাই! মই কুইজত ভাগ লোৱা নাই! কিন্তু তুমিতো লৈছা। তুমি লোৱা মই লোৱা একেটা কথাই। আৰু দেৰি কৈ শুৱাৰ কথা যে কেছা এইটো গুণ তুমিয়েই দিছা, আগতে মোৰ এইটো গুণ নাছিল। বাদ দিয়া ! বাদ দিয়া! তুমি বৰিং মানুহ! একো ডাল নুবুজা তুমি! ইনেই প্ৰেম তোমাৰ নামত হে, চিনেমাৰ প্ৰেম কাহিনীৰ নিচিনা বুলি ভাবি চলিব নালাগে তুমি প্ৰেমক!", তাই ইয়াৰ পিছতো কিবা কৈ আছিল। মই নুশুনিলো। তাইৰ ওচৰলৈ আগবাটি গলো, চকুলৈ চাই অনুমতি বিছাৰিলো। তাই দিলে! তাইৰ অনুমতিৰ লগে লগেই তাইক এক উষ্ম আলিংগনৰ মাজত আৱদ্ধ কৰি পেলালো। তাইও আৱদ্ধ হে পৰিছিল। অলপ সময় তেনেকৈয়ে থকাৰ পিছত তাইক মুকলি কৰি দিলোঁ। মোৰ বুকুত আউজাই থোৱা তাইৰ মূৰ তাই আঁতৰাই আনিলে। দুয়ো আগবাটিলো দিপাৰ্টমেন্টৰ অফিছলৈ। নয়নমনি বা আৰু স্বপ্নিলে আমাৰ বাবে অপেক্ষা কৰি আছিল হাতত কাপ আৰু প্লেটৰ একোটা ছেট লৈ।

প্রতিযোগিতা আৰম্ভ হল। মই আৰু স্বপ্নিল তগৰ গ্রুপত। জুপলেও ভাগ লৈছিল ৰিয়াৰ সেতে। আৰু অনেকে লৈছিল। এক মিহি গতিৰে আগবাঢ়িল প্রশ্ন উত্তৰৰ এই যাত্রা। এটাৰ পিছত ইটো প্রশ্ন। আমিও যাত্রা আৰম্ভ কৰিলোঁ আমাৰ স্কৰ বোর্ডৰ তলৰ পৰা। কিন্তু সময়ে আমাক বাধা নিদিলে। প্রশ্নইও নিদিলে। একোটা প্রশ্নৰ উত্তৰ আৰু তাইলে চাই একোটা মিছিকিয়া হাঁহি। খেল আগবাঢ়িল আৰু প্রতিযোগিতা কঠিন পর্যায়লৈ ক্রমে ক্রমে আগবাঢ়িল। আমাৰ গ্রুপ অন্তিমৰ পৰা আহি এতিয়া প্রথম অৱস্থানত আৰু আমাৰ পিছতেই দিপম দা আৰু ছেকেও ইয়েৰৰ বা গৰাকীৰ গ্রুপ। অন্তিম প্রশ্ন দুয়োটা গ্রুপৰ প্রায় সমান সমান স্কৰ। প্রজেক্টৰৰ সহায়ত জিলিকি উঠিল নাৰীৰ ওঁঠ। চিনাক্ত কৰিব লাগে। আমি উত্তৰ দিলোঁ, " ছাইনা নেহৱাল!" নহল। ভুল উত্তৰ। শুদ্ধ উত্তৰ দিলে দিপম দাই, " দীপিকা পাদুকণ!", আৰু প্রথম পুৰস্কাৰ তেওঁলোকলে। আমি প্রথম স্থানত থাকিও অন্তিম মুহূর্তত দ্বিতীয় স্থান। তাইলে এবাৰ চালোঁ। মোৰ চকুত জিলিকি থকা নিৰাশা তাই দেখিলে। এটি হাঁহি তাইৰ আৰু নিৰাশা নাইকীয়া হে পৰিল। সচৰাচৰ মা অথবা দেউতাৰ হাঁহিয়ে কৰা কাম তাইৰ হাঁহিয়ে কৰিলে। নিৰাশা আঁতৰিল। মেডেল গ্রহণ কৰিলোঁ। আৰু ওলাই আহিলো হলৰ পৰা বিদায় লৈ।

ছয়টা মেডেল, এটা গল্ড, তিনিটা চিলভাৰ, দুটা ব্রঞ্জ। কেন্টিনত বহি মেডেল কেইটা তাই লিৰিকি বিদাৰি চাই আছিল। মোতকৈ তাই বেছি সন্তুষ্ট। তাই মুখ খুলি নকলেও তাইৰ হাঁহিয়ে কথাষাৰ কৈছিল। স্বপ্নিল হঠাৎ কত গল ধৰিবই নোৱাৰিলো। ফোন কৰিছোঁ ফোনো ৰিছিভ কৰা নাই। জুপল প্রেক্টিছ কৰিবলে গল। মুঠতে এতিয়া তাই আৰু মই অকলে। " কালি, তুমি দিবেটত বেছি কথা নকলা ! কিন্তু যিকেইটা কলা পইন্ট থকা কথাই কৈছিলা!", তাই চিলভাৰ মেদেলটোলে চাই কলে। মই কিবা এটা কম বুলি ভাবোতেই তাই পুনৰ কলে, " খালী, অহা বাৰ পইন্ট অলপ বেছি আনিবা! আৰু কবিতা সহজকৈ লিখিবলেও চেষ্টা কৰিবা চোন। তোমাৰ কবিতা আবৃতি কৰাজনে নহলে বহুত কষ্ট পাব!", তাই কথাষাৰ কৈ হাঁহিলে। ইমান দেৰিয়ে মেডেলৰ দিশে থকা চকুজুৰি এইবাৰ মোলে ঘুৰিল। হাঁহি এটিৰে সেতে তাই মোৰ বাহতে মূৰ আওঁজাই দিলে।

চাহ কাপ পি শেষ হৈছে, এনেতে স্বপ্নিল আৰু জেৰী একেলগে সোমাই আহিল। সিহঁতক দেখি তাই চিধা হে বহিল। দুয়ো আহি আমাৰ টেবুলতে বহিল। দুয়োটা ৰঙা পৰি আহিছে। মই এবাৰ তাইলে চালোঁ আৰু তাই মোলে। তাৰ পিছত দুয়োটাই সিহঁত দুয়োটালে চালোঁ। দুয়োটাই আমালো চাই লাজতে চকু তললে নমালে। মই একো বুজি পোৱা নাই! ইহঁত দুয়োটাৰ হৈছে কি!! মই প্রশ্নবোধক দৃষ্টিৰে পুনৰ তাইলে উভতি চালোঁ। তাই উত্তৰত মোক চকুৰেই ইংগিত দিলে। ইংগিত অনুসৰি চাওঁতেই জেৰীৰ হাতত থকা চকলেট টোত চকু পৰিল। এতিয়াহে বুজিলো। মই স্বপ্নিললে চালোঁ। তাৰ লাজ এতিয়াও শেষ হোৱাই নাই, জেৰীও একেই। " ইহঃ, হব হব। ইমান লাজ কৰিব নালাগে এতিয়া পার্টি দিয়া দুইটাই। আমি ভাবিছোঁ ইমান দেৰি কিয় হৈছে আজি? এইটো কাৰণ! ও!",

তাই নীৰৱতা ভাঙি মাত লগালে। " হব হব! লাজ কৰিব নালাগে! আমিতো পেৰেণ্ট নহয়! পাৰ্টীটো দিয়া সোনকালে! শুনিছা নাই ও স্বপ্নিল!", মইও তাইৰ সুৰতেই সুৰ মিলাই হাঁহি হাঁহি কলো।

পাৰ্টি দিয়াতো দূৰৰ কথা দুয়োটাৰ লাজেই শেষ হোৱা নাই। দুয়োটাই ইটোৱে সিটোক চাইহে তত পাইছে। কেণ্টিনৰ পৰা ওলাই অহাৰ পিছতো একেই অৱস্থা। আমি সিহঁতক সিহঁতৰ কম্ফৰ্ট জনত এৰি থৈ আগবাঢ়িলো। " তুমিতো ৰাতি ফাংছনলৈ নাহা? ", তাই ভি.চি.ৰ অফিচৰ সন্মুখ পাওঁতে মোক সুধিলে। " কেতিয়াও নাহো!", মই হাঁহি হাঁহি কলো। " তুমি যে এটা মস্ত বৰিং মানুহ! আৰু তোমাৰ লগত থাকি থাকি মইও বৰিং হৈ গৈচো!", তাই হাঁহি হাঁহি মোৰ হাতৰ আঙুলিক নিজৰ আঙুলিৰে সাৱটি লওঁতে কলে। দুয়োটাই হাঁহি হাঁহি আগবাঢ়িলো। মনটো ভাল লাগি আছে। পৰহিয়েই ভতিজা এটাৰ জন্ম হেছে আৰু এইবাৰ মেডেলো যথেষ্ট পাইছোঁ। বেংকৰ ওচৰ পাওঁতে আমি দুয়ো ৰে দিলোঁ। স্বপ্নিল আৰু জেৰী এতিয়াও বহত আঁতৰত আছিল। নতুন প্ৰেমিক হালক চাই লৈ মই তাইৰ পৰা বিদায় ললো। আজি মই অকলে। স্বপ্নিল ফাংচন চাবলৈ থাকিব। মই গেটৰ দিশে খোজ দিলোঁ।

ৰূহ ,ক্ৰোধ, বিবাদ ইত্যাদি

" বাহ: , বাহ:! কি ধুনীয়া relationship ! একো খুট - খাঁট নাই, কোনো কাজিয়া নাই! একদম পাৰফেক্ট যোৰা!", নানুৱে এইবাৰ মাজতে মাত লগালে। " তাকেহে ভাই! আমাৰতো মাহত কম পক্ষেও এবাৰ দুবাৰ খুট - খাঁট লাগেই।", নানুৰ কথাত সমৰ্থন জনাই পাৰভেজে কলে। " বাৰু যি হওঁক! ভাল হৈ থাকিলেই ভাল।" পাৰভেজে নিজৰ মন্তব্যৰ সামৰণি মাৰিলে।

" আৰে! ইমান পাৰফেক্ট নহয় ইহঁতো! ", মই তাহাঁতৰ কথাৰ বিপৰীতে গৈ কলো। " হব পাৰে ইহঁত পাৰফেক্ট , কিন্তু পাৰফেক্ট হলে যে একো কাজিয়া নাথাকিব তেনেকুৱাতো নহয়!", মই কথাষাৰ কৈ শেষ কৰিছোঁ হে সবেই মোলৈ এক অদ্ভুত দৃষ্টিৰে চাই থকা যেন মই অনুভৱ কৰিলোঁ। ভাৱ - ভংগী মুখত এনে আছিল যেন মই কথাষাৰ কৈ মহাভাৰত খন অশুদ্ধ হৈ কৰি দিলোঁ। মই সকলো দৃষ্টিক নেদেখাৰ ভাও জুৰি পুনৰ ডায়েৰীৰ মাজলৈ সোমাই গলো।

10
CAA

(১)

কোনো প্লেন নাছিল। কিছুমান কাম মাথোঁ হে যায়, তাৰ আঁৰৰ কোনো বিশেষ কাৰণ নাথাকে। উদ্দেশ্য বিহীন ভাৱে ঘটে কিছু ঘটনা। ঠিক উদ্দেশ্যে নথকা নহয়। কিন্তু উদ্দেশ্য সেই মূহূর্তত স্পষ্টভাৱে প্রকাশ নাপায়। আজিও তেনেই হৈছিল। কোনো প্লেন নাছিল, হঠাৎ কামটো হৈছিল। ভাল লাগিছিল।

" হেল্ল,কোৱা !", তাই ফোনটো ৰিছিভ কৰি সুধিলে। " কত আছা?", মই তাৰ লগে লগেই সুধিলো। " ৰুমত। কিয়?", তাই মোৰ প্ৰশ্নত আচৰিত হৈ উত্তৰ দিলে। " ফ্ৰী আছা! নে পঢ়ি আছা?", মই পুনৰাই সুধিলো। " এই দেওবাৰৰ মাজত মই কিয় পঢ়িম আকৌ! এনেই আছোঁ। ওলাই যাম বুলি ভাবিছিলো কিন্তু মন নগল। এতিয়া ৰুমতে বহি আছোঁ!", তাই মোৰ প্ৰশ্নৰ দীঘলীয়া এটি উত্তৰ দিলে। " ওলাই যাওঁ বলা!", মই প্ৰস্তাৱ দিলো। " কি?? এতিয়া? মই নোৱাৰোঁ এতিয়া টাউনলৈ ওলাই যাব! তিনিটা বাজিলেই। নাই মই নাযাও। এতিয়া অকল বিপণীলৈকে হে ওলাই যাব পাৰিম মই!", তাই ঘোৰ আপত্তি দৰ্শাই কলে। " মইও বিপনীলৈকেই মাতিছোঁ।", মই আপত্তি আঁতৰাই কলো। " কিমান সময়ত?", তাই অলপ সন্দেহৰ সৈতে সুধিলে। আগৰবাৰ বহু দেৰি ৰৈ থকাৰ অনুভৱৰক মনত পেলায়েই হয়তো সুধিলে। " তুমি ওলাই আহাঁ! মই ইয়াতে ৰৈ আছোঁ। ", মই তাইৰ সন্দেহ দূৰ কৰিবলৈ কলো। " কি!! তুমি পালাহিয়েই! ইমান ফাষ্ট ৰাঃ! ৰবা ৰবা, মই ওলাই গৈছোঁ তেতিয়াহলে।" তাই কথাষাৰ কৈ ফোন কাটি থলে।

মই ৰৈ আছোঁ চাইকেল খনতে বহি। ইউনিভাৰ্ছিটিৰ বেছিভাগ ষ্টুদেন্ট আজি টাউনলৈ গৈছে। বিপণী সেয়ে আজি প্ৰায় খালী। ফোনটোক পকেটত সুমুৱাই তাইৰ বাবে অপেক্ষা কৰিবলৈ ধৰিলো। হোষ্টেল নাইনৰ কাষৰ কেকুৰিটোতে হালধীয়া চুৰিদাৰেৰে সৈতে এক নাৰীমূৰ্তি দেখা গল। তাইয়েই আছিল। মই তাইলৈ চাই থাকোঁতে থাকোঁতে তাই আহি মোৰ কাষ পালেহি। মই তেতিয়াও একেই ভংগীতে চাইকেলত বহি আছোঁ। তাই হাতেৰে

ইংগিত দি কিবা কলে। মই বুজি নাপালোঁ। তাই আকৌ ইংগিত দিলে। মই এইবাৰো বুজি নাপালোঁ। " আৰে মই কেছোঁ, চাইকেল খন মোক অলপ চলাবলৈ দিয়া।", তাই এইবাৰ স্পষ্টকৈ কলে। " অহ, সেইটো কথা। লোৱা আকৌ, চলোৱা। ", মই চিটৰ পৰা আঁতৰি দি তাইলে চাইকেল খন আগবঢ়াই দি কলো। তাই বহি ললে। ইউনিভাৰ্ছিটিৰ গেটৰ পৰা বিপণীলে, তাই চাইকেল লে আগবাটিল আৰু মই তাইৰ পিছে পিছে।

" দাদা, কিমান হল?", মই মানুহজনক সুধিলো। " কি কি লেছিলা ?", মানুহজনে মোক ওলোটাই প্ৰশ্ন কৰিলে। " কফি চাৰিকাপ আৰু চিঙৰা দুটা!", মই উত্তৰ দিলোঁ। " পঞ্চাছ টকা হল।", মানুহজনে কলে। কালি চাহ কাপৰ পইচা তাইয়েই দিছিল। আজি দিবলে নিদিলোঁ। তাই পকেটত হাত দিওঁতেই মই পঞ্চাছ টকা মানুহজনৰ হাতত দি তাইক ওলাই আহিবলে লগ ধৰিলোঁ। তাই এটি মিচিকিয়া হাঁহিৰে সন্মতি জনাই ওলাই আহিল। আমি বাহিৰলে ওলাই আহিলো ধীৰে ধীৰে, দোকান , বিপণী উভয়ৰ পৰাই আৰু আগবাটিলো ইউনিভাৰ্ছিটিৰ মেইন গেটৰ অভিমুখে। লগ পোৱা আধা ঘন্টা সময় পাৰ হৈ গৈছিল। শীত কালৰ নিয়ম মানি বেলিটিয়েও ৰঙচুৱা বৰণ ধৰিবলে আৰম্ভ কৰিছিল। চাইকেল খন কলেজৰ মুখতে লক কৰি থৈ দুয়ো আগবাটিলো খোজ কাটি হৰ্টিকালচাৰ কলেজৰ বিল্ডিঙৰ কাষে কাষে।

শব্দ বিহীন ভাৱে আগবাটিছিলো দুয়ো। এগ্ৰনমিৰ বিল্ডিঙ পাৰ হৈ আমি বাগান অভিমুখে আগবাটিছিলো। প্ৰতিবাৰৰ দৰেই এতিয়াও তাই নিজৰ আঙুলিৰে মোৰ আঙুলিক আৱদ্ধ কৰি থৈছিল। নীৰৱতা সুন্দৰ! ব্যক্ত নকৰাকৈ অনুভৱ বুজাত সহায় কৰে। আমিও বুজিছিলো পৰস্পৰৰ হৃদয়ৰ অনুভৱ। সম্পূৰ্ণ ৰূপে বুজা অসম্ভৱ। কিন্তু বুজিছিলো কিঞ্চিৎ কিঞ্চিৎ। স্বপ্নিল আৰু জুপলৰ সেতে অহা ঠাই টুকুৰালে আজি প্ৰথম তাইৰ সেতে আহিছোঁ। কিবা এক নতুন অনুভৱ হৈছে। মোৰ ঘড়ীৰ সেতে তাইৰ ঘড়ীয়ে মাজে মাজে খুন্দা খাই হোৱা শব্দৰ বাদে বাকী সকলো শান্ত। আনকি খোজৰো শব্দ নাই।

গছৰ মাজে মাজে বেলিৰ হেঙুলীয়া আভা বিয়পি পৰিছে। ৰঙচুৱা বেলিয়ে ৰঙচুৱা কৰি তুলিছে চৌদিশ। উমাল হৈ পৰিছে ক্ষণ বোৰ। তাৰ লগে লগেই উমাল হৈ পৰিছে সমন্ধ। তাই মোৰ হাত এৰি কঁকালৰ কাষ সোঁ হাতেৰে মেৰিয়াই ধৰিলে। আৰু মোৰ বাওঁ হাতে আঁকোৰালি ললে তাইৰ কান্ধক। " সময়বোৰ এনেকুৱাই হব লাগে! নীৰৱ অথচ অৰ্থবহল।", তাই নীৰৱতা ভাঙি মাত দিলে। মই মাথোঁ মূৰ জোঁকাৰি সঁহাৰি জনালো। " নগৰৰ হলস্থুল আৰু ভিৰত হেৰাই যোৱাতকৈ, নীৰৱতাৰ মাজত নিজকে বিচাৰি লোৱা অধিক প্ৰয়োজনীয়। তাতে যদি পৰস্পৰৰ অনুভূতি কিঞ্চিৎ হলেও অনুভৱ কৰিব পৰা যায় সেই মুহূৰ্ত অমূল্য।", তাই কলে। মই এক আচৰিত দৃষ্টিৰে তাইলে চালোঁ। কথাখিনি এক কাব্যিক সুৰত বান্ধ থৈ আছিল। "এনেকৈ কি ছাইছা? মইও কবিতাৰ সুৰত কথা কব পাৰো। মাথোঁ লিখি থবলে এলাহ লাগে।", তাই হাঁহি হাঁহি মোৰ চাক্ষুষ প্ৰশ্নৰ উত্তৰ দিলে। মইও হাঁহি পৰিলোঁ। তাইক বুকুৰ কাষ চপাই আনিলো। তাই মোৰ বুকুত মূৰটো গুঁজি দি উপভোগ কৰিবলে ধৰিলে বেলি ডুবাৰ সেই সুন্দৰ

দৃশ্য।

চাইকেল খন ঠাইতে আছিল। তাই লিচু গছ জোপাৰ তলতে ৈ আছিল আৰু মই চাইকেলৰ লক খোলাত ব্যস্ত। তাইৰ বগা গালখন পাতল গেৰুৱা সুৰুযৰ পোহৰে জিলিকাই তুলিছিল। আন্ধাৰ হবলৈ আৰু মাথোঁ কেইটামান ক্ষন বাকী আছিল। তাই বিদায় লৈছিল, আৰু আগবাটিছিল হোষ্টেল অভিমুখে। মই আগবাটিছিলো বিপৰীত দিশে গেটৰ অভিমুখে। মিঠা মিঠা মূহৰ্ত বোৰে মনত এতিয়াও দোলা দি আছিল। বেলি ডুব গৈছিল। সন্ধ্যা, এক সুন্দৰ মূহৰ্ত, এক সুন্দৰ শব্দ। পৰৱৰ্তী দিনৰ প্ৰতিশ্ৰুতিৰে এক সুন্দৰ পৰিবেশৰ মাজত আমাক বিদায় জনাই। আপত্তি আছে যদি মাথোঁ এটাই। এৰি থৈ যায় আমাক এক গহন অন্ধকাৰৰ মাজত।

(২)

কেতিয়াবা কেতিয়াবা সাধাৰণ দিন একোটা হঠাৎ অসাধাৰণ হৈ পৰে, অজানিতে। তাৰ কোনো সঠিক অনুমান নাথাকে। মাথোঁ হৈ যায়। বহু ঘটনা ঘটি যায়, বাঞ্ছিত - অবাঞ্ছিত বহতো ঘটনা। কথাবোৰ মনলৈ আহি থাকোঁতেই মায়ে চাহ কাপ আনি টেবুলত থলেহি। দিনৰ বাৰটা বাজিছে, মই শুই উঠা প্ৰায় পোন্ধৰ মিনিট হৈ গৈছে। চাহ কাপত শুহা মাৰি বাতৰি কাকতখন মেলি ললোঁ। দৈনন্দিন জীৱনৰ খবৰে বিয়পি আছে কাকতখনত। তাৰ সৈতে সমাহাৰ ঘটিছে কেব অথবা নাগৰিকত্ব সংশোধনী বিধেয়কৰ খবৰে। ৰাষ্ট্ৰীয়তাবাদ আৰু জাতীয়তাবাদৰ মুখামুখি সংঘৰ্ষ।

আজি অসম বন্ধৰ আহ্বান কৰা হৈছে। সকলো জাতীয়তাবাদীনেতাৰ সমৰ্থনত। ইউনিভাৰ্ছিটিৰ ষ্টুদেন্ট ইউনিয়নেও সমৰ্থন জনাইছে। সেয়ে এঘাৰ বজাৰ পিছত শুই উঠাৰ সৌভাগ্য কণ আজি মিলিছে। ৰাটছেপটো মেলি চালোঁ। সকলোৰে ষ্টেটাছ জিলিকি আছে কেবৰ বিৰোধিতাৰে। আজি লোক সভাত কেব উত্থাপন কৰাৰ কথা সেয়ে এই বন্ধৰ আহ্বান। ঘৰৰ কাষৰ ৰাস্তালৈ জুমি চালোঁ , এথনো গাড়ী - মটৰ চলা নাই। নিতাল নিস্তব্ধ ৰাস্তা।

বহু দিনৰ মূৰত এনেদৰে অসম বন্ধ সফল হৈছে। প্ৰতিবাদকাৰী ওলাই আহিছে আৰু সাধাৰণ জনতা ঘৰত। বন্ধ, দেখোঁতে সফল হৈছে! ৰাটছাপত প্ৰতিবাদৰ ফটো ষ্টেটাচত উপচি পৰিছে। টায়াৰ জ্বলিছে ইউনিভাৰ্ছিটি মেইন গেটৰ মুখত। দপদপাই জ্বলিছে একুৰা বৃহৎ অগ্নি। কলা ধোঁৱা কুণ্ডলী পকাই আগবাটিছে নীলা আকাশৰ দিশে। চানি ধৰি আকাশৰ ৰং সলাবলে তীব্র বেগত আগবাটিছে ধোঁৱাৰ কুণ্ডলী। ভিদিঅটো চাই থাকোতেই হঠাৎ মনত পৰিল পৰিৱেশ প্ৰদূষণৰ কাৰক সমূহৰ কথালৈ। বাকী সকলৰ হয়তো মনত পৰা নাই সেয়ে জ্বলাইছে। মনত পৰিলে হয়তো টায়াৰ জ্বলোৱা বন্ধ কৰিবও পাৰে। মই মবাইলটো টেবুলতে থৈ বাহিৰলৈ ওলাই আহিলো।

কেব উত্থাপন হল, বিৰোধীয়ে বিৰোধিতাৰ বাবে সদনৰ বাহিৰত সংবাদ কৰ্মী সকলৰ সৈতে ভোটিঙৰ সময়ছোৱাত ভোট দিয়াৰ দ্বায়িত্ব এৰি বাৰ্তালাপ কৰিলে। তেওঁলোকৰ এনে ভয়ানক বিৰোধিতা সত্বেও বিধেয়ক খন পাৰিত হল। অধ্যক্ষই ঘোষণা

কৰি বিধেয়ককথন ৰাজ্যসভালৈ আগবঢ়ালে। শাসকীয় আৰু বিৰোধী এতিয়া সংবাদ মাধ্যমৰ ষ্টুডিঅৰ মজিয়াত , বিতৰ্কৰ বাবে। অথনি সদনে ত্যাগ কৰা সকলে এতিয়া তুমুল যুক্তি দৰ্শাইছে। বাক্‌যুদ্ধ চলি আছে আৰু এংকৰ ত্ৰস্ত মান। ৰাজপথত জোঁৰ সমদল, প্ৰতিবাদী সমদল সকলো ওলাই আহিছে, উদ্দেশ্য, তীব্ৰ প্ৰতিবাদ। গুৱাহাটী মহানগৰী জ্বলি উঠিছে। জ্বলি উঠিছে অসম, সংবাদ মাধ্যমৰ কেমেৰাত। কোনোৱে চৰকাৰ বিৰোধী শ্লোগান দিয়াৰ সময়তে কোনোৱে ভাঙি নিছে ৰাস্তাৰ কাষৰ সকলো সম্পত্তি। অগ্নি সংযোগ হৈছে ৰাজহুৱা (চৰকাৰী) সম্পত্তিত।

চিকিউৰিটিৰ দাদা কেইজন গেটৰ কাষতে ৰৈ আছে আৰু তেওঁলোকৰ লগতে ওচৰৰ পুলিচ আউট পোষ্টৰ অনান্য বিষয়া কেইজনমান। একাষে আমাৰ ঘৰৰ পুৰুষ সদস্য সকল। ভিনদেউয়ে পানী এবাল্টি লৈ গেট খুলি সন্তপৰ্ণে ওলাই গল। বাহিৰত প্ৰকাণ্ড টায়াৰ এটা দপদপকে জ্বলি উঠিছে। তাত পানী ঢলাৰ আগতেই ভিনদেউৰ হাতৰ পৰা বাল্টিটো কাটি লৈ এজনে দূৰলৈ দলিয়াই দিলে। পুলিচ বিষয়া কেইজনে ভিনদেউক ভিতৰলৈ লৈ আনিলে। জুইকুৰাৰ লেলিহান শিখাই আকাশ স্পৰ্শ কৰাৰ উদ্দেশ্যেৰে আগবাৰিছে আৰু প্ৰতিবাদকাৰী সকলে নিজ অশ্ৰাব্য শব্দৰ শেষ সীমা স্পৰ্শ কৰাৰ উদ্দেশ্যেৰে আগবাৰিছে।

হঠাৎ এজন চিকিউৰিটিৰ দাদাই গেটৰ তলচোৱাৰ জালনাৰ তলেৰে জুপি চালে আৰু উঠি তৎক্ষণাৎ মাটিলে থুৰাই পঠিয়ালে। তিনিজন প্ৰতিবাদকাৰী সম্পূৰ্ণ উলংগ অৱস্থাত! তাৰ লগতে অব্যাহত অশ্ৰাব্য গালি - গালাজ, আৰু বিকৃত উকি। ঠলং... হঠাৎ কিবা এটাই দেৱালত খুন্দা খাই টুকুৰা টুকুৰ হোৱাৰ শব্দ শুনা গল। তাৰ পিছত আকৌ এবাৰ আৰু তাৰ পিছত আকৌ এবাৰ । " মদৰ বটল দলিয়াইছে!", কোনোবা এজনে মাজতে কলে। শীতৰ নিশা জ্বলি থকা টায়াৰৰ চৌদিশে প্ৰতিবাদৰ নামত উলংগ নৃত্য আৰু তাৰ সংগীত অশ্ৰাব্য গালি সমূহ। "মই ৰাতিপুৱা ইহঁতকেই মনে মনে সমৰ্থন জনাইছিলোনে?", এবাৰ মনতে ভাবি চালোঁ। নিজৰ ওপৰতে খং উঠি আহিছে। ছি , এইয়াই যদি প্ৰতিবাদৰ ভাষা তেন্তে মই ইয়াৰ সম্পূৰ্ণ বিৰোধী। যদি এনে প্ৰতিবাদৰ সমৰ্থন কৰা সকলেই যদি জাতীয়তাবাদী , তেন্তে মোক নালাগে জাতীয়তাবাদীৰ উপাধি।

ডাঙৰ কিবা গাড়ী অহাৰ শব্দ হল। গুৰুপ গাৰাপকে তাৰ পৰা মানুহ নামিছে। প্ৰতিবাদকাৰিৰ শব্দ নাইকীয়া হল। পুলিচ আৰু আৰ্মীৰ লোক সকল আহিছে। মুহৰ্তৰ ভিতৰতে নাইকীয়া হৈ পৰিল প্ৰতিবাদকাৰী সকল। অগ্নি - নিৰ্বাপক বাহিনীৰ পানীৰ ধাৰে নুমুৱাই দিলে সেই ভীষণ অগ্নি। এতিয়া শান্ত ঠাই টুকুৰা। বেৰিকেড লগাই দিয়া হল। আৰ্মীৰ লোকসকলে নিজ নিজ পজিচন লৈ ললে। গাঁৱৰ মানুহখিনিও এজন এজনকৈ গোট থাইছে। টায়াৰ জ্বলাই কলা কৰি পেলোৱা ঠাই টুকুৰা চাই ইছ - আছ শব্দ উচ্চাৰি আঁতৰিও গৈছে। আমি ঘৰৰ মানুহখিনিয়ে নীৰৱে চাই আছোঁ এই দৃশ্য।

মা, জেঠাই, বৰমা, নবৌ, ইত্যাদি সকলোৰে মুখত ভয়ৰ স্পষ্ট চাপ। সকলো ধীৰে ধীৰে নিজ নিজ ঘৰলৈ আগবাটিল। বাহিৰত আৰ্মী আছে, অলপ মান সাহস আহিছে মনলৈ। তথাপিও বুকুৱে এতিয়াও ধান বনাদি বানিছে। টায়াৰৰ জুইয়ে যদি ঘৰৰ কোনো অংশ স্পৰ্শ কৰিলে হেঁতেন। কি হল হেঁতেন? মনলৈ অনেক প্ৰশ্ন আহিছে। সকলো থাই - বৈ বিছনাত বাগৰি পৰিল। মই এতিয়াও টেবুলত। মবাইলটো তুলি ললো, ইমান দেৰি টেবুলতে পৰি আছে। স্ক্ৰীনত জিলিকি আছে তাইৰ বাৰটা মিচকলৰ তথ্য। "মেচেজ এটা দিও নেকি?", এবাৰ মনতে ভাবিলো। কিন্তু নিদিলো। মন নগল। মবাইলটো চুইছ অফ কৰি থলো। আজিৰ ঘটনাৰ বিষয়ে আৰু কাকো বৰ্ণনা কৰাৰ মোৰ শক্তি আৰু মন নাই। অন্ততঃ দুদিনমান শান্তিৰ প্ৰয়োজন। টেবুলতে হাত দুখনৰ মাজত মূৰটো লাহেকৈ গুজি দিলোঁ। মনত এতিয়াও ভাঁহি আছে অনেক প্ৰশ্ন, যি উওৰ বিহীন।

(৩)

বুজাবুজি! ইয়াৰ দুটা ধৰণ আছে, ভালদৰে বুজাবুজি আৰু ভুল বুজাবুজি। এক সৰু অথচ গুৰুত্বপূৰ্ণ শব্দ। পৃথিৱীৰ প্ৰায় সকলো সমস্যাৰে সমাধানৰ বাবে ভালদৰে বুজাবুজি হোৱা অত্যন্ত প্ৰয়োজনীয়। জীৱনত ভুল বুজাৰ বাবে বহুতো সমস্যাৰ সন্মুখীন হৈছো, তথাপিও কোনো বিশেষ লাভ হোৱা নাই। জ্ঞানী ব্যক্তিৰ অনুসৰি সমস্যাৰ পৰা শিক্ষা লোৱা সকলৰ সফলতা নিশ্চিত। মই সমস্যাৰ পৰা বিশেষ কোনো শিক্ষা লোৱাই নাই! সেয়েই হয়তো আজিও একেই অৱস্থা। বুজাবুজিৰ ক্ষেত্ৰতো একেই কথাই খাটে। যিমান বাৰ আজি পৰ্যন্ত মোৰ ভুল বুজাৰ ফলত সমস্যা হৈছে, যদি মই প্ৰথম বাৰতে শিক্ষা ললো হেঁতেন হয়তো নহলহেতেন।

তিনিদিন পাৰ হৈ গৈছে তথাপিও সেই ভয়ানক নিশাটোৰ স্মৃতি এতিয়াও সজীৱ হৈ আছে। মবাইলটোও সিদিনাখনৰ পৰাই চুইছ অফ হৈ আছে। ৰুটিৰ প্লেটখন কাষত টেবুলত থৈ মবাইলৰ পাৱাৰ বুটামটো টিপিলো। ভাইব্ৰেট কৰি মবাইলটো অন্ হল। এতিয়াও ছেভেনটি পাৰ্চেন্ট চাৰ্জ আছে। মই ডাটা কানেকচন অন কৰিলোঁ। অলপ সময় শান্ত হৈ থাকিল আৰু পিছ মূহৰ্ততে নটিফিকেচনেৰে স্ক্ৰীন ভৰি পৰিল। ৱাটছেপত প্ৰায় পঞ্চাশটা মান মেচেজ। এপটো খুলিলো। তাইৰ পঁচিশটা মেচেজ ৰঙা আখৰেৰে জিলিকি আছে। প্ৰত্যেকটো মেচেজত ফোন কিয় ৰিছিভ কৰা নাই? ফোন কিয় চুইছ অফ? ৰিপ্লাই কিয় দিয়া নাই? ইত্যাদি প্ৰশ্ন। নাই! অনলাইন নাই তাই! এবাৰ ফোন কৰি লোৱাই ভাল হব। মই ডাটা কানেকচন অফ কৰিলোঁ।

ফোন লগালোঁ। এখন হাতেৰে ৰুটি ধৰি আছোঁ আৰু ইখন হাতেৰে ফোন। ৰিং হৈ আছে! নাই ৰিছিভ কৰা নাই! মই এবাৰ দুবাৰকৈ প্ৰায় বিছবাৰ মান ট্ৰাই কৰাৰ পিছত মই ফোনটো থৈ দিলোঁ। আৰু বাতৰিকাকত খন মেলি ললোঁ। সকলোতে একেই প্ৰতিবাদ। অসম স্তব্ধ! যতে ততে টায়াৰ জ্বলিছে, পুতুলিকা জ্বলিছে। ৰাজহুৱা সম্পত্তিৰ ভীষণ ক্ষতি হৈছে। অসম প্ৰকৃতাৰ্থত কাশ্মীৰ সদৃশ হৈ পৰিছে। আৰক্ষীক শিল দলিয়াই

আক্ৰমণ কৰিছে। ৰাজনীতিকক দৌৰাই ফুৰিছে। যাৰ যি মন যায় তাকেই কৰিছে। এক প্ৰকাৰ চূড়ান্ত অৰাজক অৱস্থা। নিৰ্বাচিত প্ৰতিনিধিক চূড়ান্ত অবাইছ মাতেৰে অপমানে কোনোপধ্যে সবল গণতান্ত্ৰিক ব্যৱস্থাক যে প্ৰদৰ্শন নকৰে সেইয়া অন্ততঃ মোৰ বোধগম্য। কাকত থন পৰি মূৰটো এক প্ৰকাৰ আচন্দ্ৰাই কৰি গল। মই তাতে কাকত খন থৈ বিছনাত বাগৰ দিলোহি। সেই অবাইছ প্ৰতিবাদে মোৰ মনত প্ৰতিবাদৰ সংজ্ঞা সলনি কৰি পেলাইছিল। এনে প্ৰতিবাদৰ প্ৰতি এতিয়া মনত বিৰাজ কৰিছিল তীব্ৰ ঘৃণা।

গা - পা ধুই ওলাই আহি টেবুলৰ কাষতে ৰলোঁ। ছয়টা মিচকল, তাইৰ! টাৱেলখন চকীতে থৈ মই পুনৰ ফোন লগালোঁ। বহত দেৰি ৰিং হোৱাৰ পিছত ফোন ৰিছিভ কৰা হল। " হেল্ল, কি হল? ফোন কিয় কৰিছিলা?", তাই টানকৈ কলে। " তোমাৰ মেচেজ দেখি ফোন কৰিলোঁ!", মই সাধাৰণ ভাৱেৰেই উত্তৰ দিলোঁ। " নকৰিলেও হল হেঁতেন তিনিদিন নকৰিলাই যেতিয়া!", তাই এইবাৰ উপলুঙা কৰি কথাষাৰ কলে। " তিনিদিন অলপ প্ৰেম হৈ আছিল! মেচেজবোৰ ৰাতিপুৱা হে পাইছোঁ!", মই আগৰ সূৰতেই উত্তৰ দিলোঁ। তাই উত্তৰটো শুনি সন্তুষ্ট নহল। " অসমৰ প্ৰেম হৈ থকাৰ সময়তেই তোমাৰ প্ৰেম হেছে নে! নে কোনোবাই ৰাস্তাত ওলালে পিটিব বুলি ঘৰৰ ভিতৰত লুকাই আছা!", তাই এইবাৰ সাধাৰণ ভাৱে হাঁহিয়েই কথাষাৰ কৈছিল। কিন্তু! কিন্তু বুজাত খেলি মেলি। যোৱা কেইদিনৰ অনুভৱে মগজুটো প্ৰতিবাদ কাৰীৰ বিপক্ষেই অৱস্থান গ্ৰহণ কৰিবলে অনুপ্ৰানিত কৰিছিল। প্ৰতিবাদকাৰী সকলৰ প্ৰতি জন্ম হেছিল তীব্ৰ বিদ্বেষৰ। সেয়ে এই কথাষাৰে জ্বলা জুইত ঘিউ ঢালি দিয়াৰ কাম কৰি দিলে। জুই জ্বলি উঠিল।

" মই কালেকো ভয় নকৰোঁ!", মই কোৱা আৰম্ভ কৰিলোঁ। " এই ফটোৱা প্ৰটেষ্ট কৰা মানুহখিনিলেলো কিয় ভয় কৰিম? কোনো কাও - জ্ঞান নোহোৱাকৈ বিৰোধ কৰে! কোনো সেঞ নাই! কি কৰিব লাগে? কেনেকৈ কৰিব লাগে কোনো মাথা নাই! অকল অভদ্ৰামি কৰি ফুৰিছে! এইবোৰ ফটোৱামিলে মই ভয় কিয় কৰিম!", মই কথাখিনি কৈ পেলালো। এনে মূহৰ্তত কথাষাৰে যি কৰিব লাগিছিল, সেইয়াই কৰিলে। আৰু সেই কথাষাৰৰ ফলাফল জিলিকি উঠিল তাইৰ কথাত। তাই আৰম্ভ কৰিলে, " ঘৰৰ পৰা বহি চিঞৰ - বাখৰ কৰাৰ তোমাৰ কোনো অধিকাৰ নাই বুজিচা! তুমি কি ভাবিচা? মানুহ ফুৰ্তি কৰিবলে ওলাই আহিছে! প্ৰথমটো মোৰ ফোন, মেচেজ একোৰেই ৰিপ্লাই দিয়া নাই! আজি অত দিনৰ মূৰত অকস্মাতে ফোন কৰি কি জ্ঞান দিবলে আহিছা? অকল কবিতা লিখিলেই প্ৰেম নহয়, বা দেশপ্ৰেম নহয়! দৰকাৰৰ সময়ত সেই প্ৰেম ওলাই আহিবও লাগিব! যি খন ৰাজ্যত আছা তাৰেই প্ৰেমৰ সময়ত ঘৰত লুকাই থাকি মোক জ্ঞান নিদিবা! মই দস্তোৰমত প্ৰতিবাদ কৰিছোঁ এই কলা আইনৰ বিৰুদ্ধে। মই কি, গোটেই ইউনিভাৰ্ছিটি ওলাই আহিছে! তোমাৰ নিচিনাকৈ ভয়ত ঘৰত সোমাই থকা নাই! কোনো জ্ঞান নোহোৱাকৈ প্ৰতিবাদ কৰা নাই, ছিনিয়ৰে শিকোৱাৰ পিছত হে প্ৰতিবাদ কৰিছোঁ। ভাবি চিন্তি কৰিছোঁ। লাখ লাখ মানুহ ওলাই আহিছে। নিজৰ কোনো সন্মান নাই, নামৰ ভূৱা কবিতাবোৰ লিখি পিছত কিতাপ চপাবলে ৰৈ থকাতকৈ এতিয়া সাহস আছে যদি

ওলাই আহা। প্ৰতিবাদ কৰি তোমাৰ সাহস দেখুওৱা। এনেকৈ ফোনত চিঞৰ বাখৰ কৰি থাকিলে একো লাভ নাই!"

এইবাৰ আৰু সহ্য নহল। মোৰ থঙে ইতিমধ্যে চুলিৰ আগ পাইছিলেগে। ধৈৰ্য্যৰ বান্ধ চিঙ থাই আহিল। মই উওৰ দিলোঁ, " প্ৰেম বুলি কলে কি বুজা হা? তোমাৰ নিচিনাকৈ মোবাইল , লেপটপ বেয়া হোৱা প্ৰেমক প্ৰেম বুলি নকয়! ৰিয়েল লাইফত প্ৰেম হলে বুজিবা তুমি! ফেমিলিৰ প্ৰেমত কি হয় মানুহৰ তুমি কেনেকেনো বুজিবা? তোমালোক হোষ্টেলত থকাবোৰ ঘৰৰ লগত কিবা ষ্ট্ৰং ৰিলেচন থাকিলেহে বুজিবা! কিন্তু আমিতো বুজিবই লাগে! জ্ঞান ! হা হা.. জ্ঞানৰ কথা কবলৈ নাহিবা! প্ৰথমতে গোটেই বিল খন পটি চাই কথা কবা। চিনিয়ৰ কোনো ভগৱান নহয় যে যি কব সেইয়াই শুদ্ধ হব! ইউনিভাৰ্ছিটি ওলাই আহিছে কাৰণে মইও ওলাই আহিব লাগে! এইটো কৌতুক কৰ পৰা গোটালা? মই কেয়াৰ নকৰোঁ কোন ওলাই আহিছে আৰু কোন ওলাই অহা নাই! ইমান অভদ্ৰ সোপাৰ লগত কোন ওলাই আহে! আৰু এটা কথা মোৰ প্ৰেম আৰু দেশপ্ৰেম সকলো খুলি দেখুৱাও আৰু দৰকাৰৰ সময়ত মই ওলাইও আহো। ভূৱা ৰচনা কৰাৰ মোৰ আগৰ পৰাই অভ্যাস নাছিল আৰু এতিয়াও নাই! তোমাৰ আছে চাগে সেইকাৰণে মুখেদি তেনে কথা ফুটি উঠিছে। ভাবি লৈ কথা কবা অলপ!"

থঙত কি কেছোঁ তাৰ হিচাপ নাই! মাথোঁ কৈ গৈচো। তাই আকৌ কবলৈ আৰম্ভ কৰিলে," ফেমিলি প্ৰেম! আমাৰতো ফেমিলি নাইযেই! " তাই তাতকৈ কিবা কোৱাৰ আগতেই মই ফোন কাটি থলো। মগজুৱে আৰু সহ্য কৰিব পৰা নাই। মাথোঁ ফোন কাটি ফোনটো বিচনালৈ দলিয়াই দি ৰুমৰ পৰা ওলাই আহিলো। আৰু তাইৰ মাত শুনিবলৈ মন যোৱা নাই। কি বুজিলো, শুনিলোঁ! বুজিলোঁ নে ভুল বুজিলো এতিয়া আৰু ভাৰিবলৈ অকণো ইচ্ছা নাই।

শান্তি পর্ব

" ইছ.. ইছ.. ! বৰ বেয়া হল। ভুল বুজাবুজিতে ইমান ডাঙৰ কাজিয়াখন হলগৈ!", ৰণীয়ে প্রেমৰ মাজত অহা এনে পৰিস্থিতিৰ বাবে নিজৰ দুখ প্রকাশ কৰিলে। " তাকেহে দেই! ইমান ধুনীয়াকৈ আছিল দুয়োটা। কোনে ভাবিব পাৰে ইঁতে ইমান দিনে মাত - বোল নকৰাকৈ থাকিব পাৰিব!", পুটোকাইও ৰণীৰ কথাত হয়ভৱ দিলে। সকলোৰে দুখৰ মূৰ দোৱাই বহি আছিল। মই থিৰিকীৰ পৰ্দা জপাই লাইটৰ চুইচ কেইটা অন কৰিলোঁ। অলপ সময়ৰ আগতে ৰঙচুৱা আভা বিয়পোৱা সূৰ্য্য ডুব যাব ধৰিছিল। মই পুনৰ বুক মার্ক আঁতৰাই ডায়েৰী মেলি বহিলো।

" অহ! ও দুখী আত্মা সব! ইমান দুখ কৰিব নালাগে, অলপ এতিয়াও বাকী আছে। সেইকন শুনি লঁ তাৰ পিছত ভাবিবি দুখ কৰিবি নে নকৰ!", মই সকলোকে উদ্দেশ্যি হাঁহি হাঁহি কলো। "আহহা! আৰু আছেই নেকি? ভালকৈ শেষ হলেই হল আৰু দেই! পঢ় পঢ়!", ৰণীয়ে মোৰ কথাষাৰ কৈ স্বস্তিৰ নিশ্বাস এৰিলে। বাকী কেইটাৰো চকুত আশাৰ কিৰণ জিলিকি উঠিল।

11
ৰিজাল্ট

সময় গতিশীল! কথাষাৰ আমাক সৰুৰে পৰাই শিকাই অহা হৈছে। এটা বয়সত অনুভৱ নহয় সততে কথাষাৰ, কিন্তু হাইস্কুলৰ দেওনা পাৰ হোৱাৰ লগে লগেই ইয়াক আমি অনুভৱ কৰা আৰম্ভ কৰোঁ। সুদীর্ঘ দহ - বাৰ বছৰীয়া শিক্ষা কালক অতিক্রম কৰি ভৰি দিওঁ হায়াৰ চেকেণ্ডৰীৰ শিক্ষা কালত। কিন্তু পলকতে পাৰ হৈ যায় এই সময়ছোৱা। আৰু ইয়াৰ পৰা আৰম্ভ হয় চকুৰ পলকতে শিক্ষা কাল শেষ হোৱাৰ প্রক্রিয়া। কেৱল শিক্ষাই নহয়, এই সময়ৰ লগতে পাৰ হয় অনেক স্মৰণীয় আৰু অস্মৰণীয় মূহর্ত। বহুতো মিঠা মিঠা মূহর্তও পাৰ হৈ যায় অনিচ্ছা সত্ত্বেও।

আজি পাৰ হৈ গল কলেজত আমাৰ প্রথম ছয় মাহ। লিচু গছজোপাৰ তলত ৰৈ মোবাইল পিটিকি স্বপ্নিল আৰু জুপলৰ আগমণৰ বাবে অপেক্ষা কৰি থাকোঁতেই কথাষাৰ আজি আকৌ এবাৰ অনুভৱ কৰিলোঁ। কলেজত অতি সোনকালেই সময়বোৰ পাৰ হৈ যোৱা যেন লাগিল। যোৱা আগষ্ট মাহত এদমিশ্যন হৈছিল হে আমাৰ। কলেজৰ বিল্ডিঙলৈ অলপ সময় অবাক হৈ চাই থাকিলো। এতিয়াও স্পষ্টকৈ মনত আছে ডিন মেডামে ফাউণ্ডেচন ডে'ৰ দিনাখন পতাকা উত্তোলন কৰাৰ দৃশ্য, লুনা মেডামৰ এংকৰিঙৰ দৃশ্য। কলেজৰ বাকৰিত কাম কৰি থকা বনুৱা এজনে মোলৈ চাই থকা দেখি মই মোৰ মেল খাই থকা মুখখন জপাই পুনৰ মোবাইল পিটিকাৰ কামত ব্যস্ত হৈ পৰিলোঁ।

স্বপ্নিল এইবোৰ ক্ষেত্রত সদায় লেহেমীয়া। আজিও দেৰিকৈ আহি পাইছেহি। সি আহি পোৱাৰ লগে লগেই আমি কলেজৰ ভিতৰলৈ সোমাই গলোঁ। একাডেমীক চেলত থকা চাৰ আৰু মেডামে ফৰ্ম দুখন আগবঢ়াই দিলে। ইউনিভার্ছিটিৰ ৱেবছাইটত ইতিমধ্যে এডমিশ্যনৰ পইচা আদায় দিয়া হৈ গৈছিল। এতিয়া মাথোঁ লাইব্রেৰী, কেন্টিনৰ পৰা চহী কৰাই আনি জমা দিব লগীয়া আছিল পেমেন্টৰ প্রিন্ট ৰিছিপ্তৰ সৈতে। আমি ফৰ্ম লৈ ওলাই আহিলো অফিচ ৰুমৰ পৰা। উদ্দেশ্য চহী সংগ্রহ কৰা। পৰীক্ষাৰ ৰিজাল্ট এনাউন্স

কৰিবলৈ এতিয়াও অলপ সময় বাকী আছিল।

লাইব্ৰেৰীৰ কাম শেষ কৰি আগবাটিলো কেন্টিনলৈ। কেন্টিনত আজি অসম্ভৱ ভিৰ, সকলো চহী সংগ্ৰহ কৰিবলৈ ৰৈ আছে। কিন্তু সমস্যাটো হৈছে কেন্টিন মেনেজাৰ আজি অনুপস্থিত। সেই গতিকে কেন্টিনৰ দাদাজনে ফৰ্ম এফালৰ পৰা সংগ্ৰহ কৰি গেছে। আমিও ফৰ্ম তিনিওখন জমা দি থৈ চাহৰ জুতি লবলৈ বহি পৰিলোঁ। ঘড়ীলৈ চালোঁ এক বজাই নাই! হঠাৎ স্বপ্নিলৰ ফোন ৰিং হল, সি স্ক্ৰীনলৈ চাই বহি থকা ঠাইৰ পৰা উঠি বাহিৰলৈ ওলাই গল।

তাই আহিলনে নাই বাৰু! মোৰ তাইৰ কথা মনত পৰিল স্বপ্নিল বাহিৰলৈ ওলাই যোৱাৰ লগে লগে। আজি ডেৰ মাহ হৈ গল তাইৰ সৈতে কথা নপতা। এনে নহয় যে কথা পাতিবলৈ মন যোৱা নাই! মন গেছে কিন্তু পতা নাই! ইংলিছত ইগ' বুলি শব্দ এটা আছে। এইয়া তাৰেই প্ৰভাৱ! মোবাইলৰ কল ল'গটো মেলি চালোঁ, এতিয়াও তাইৰ নামেই ওপৰত জিলিকি আছে। এই ডেৰ মাহত তাইৰ নাম্বাৰ কিমান বাৰ ডায়েল কৰিছোঁ তাৰ ঠিক নাই! কিন্তু তাইৰ ফোন ৰিং হোৱাৰ আগতেই কাটি দিওঁ সংযোগ। ইগ', তাই কিয় নকৰিব প্ৰথমতে? মই কিয় কৰিম প্ৰথমতে? মোৰনো কি ভুল আছিল? এনে প্ৰশ্নবোৰেই মোক তাইক ফোন কৰাত বাধা দি আছে। এতিয়াও দি আছে।

এইবাৰ জুপলৰ ফোন ৰিং হল আৰু স্বপ্নিলৰ দৰে সিও বাহিৰলৈ ওলাই গল। মই মোৰ মবাইল উলিয়াই ললো। তাইৰ নাম্বাৰ সবাতোকে ওপৰত জিলিকি আছিল। ক্লিক কৰিলোঁ! ডায়েল হল! ৰিং হও হওঁ। মই সংযোগ কাটি দিলোঁ। ফোন টেবুলৰ ওপৰত থৈ মই এবাৰ মূৰটো হেঁচি ধৰিলো। মোৰনো কি দৰকাৰ তাইৰ কথা ভাবি থাকিবলৈ? তাই জানো মোৰ কথা ভাবিছে? অলপ সময় তেনেকেয়ে বহি থাকিলো। নাই, খবৰটো লবই লাগিব! পৰা নাই এনেকে থাকিব! কিন্তু তাইৰ সৈতে কথা পাতিবলৈ মই প্ৰথমতে আৰম্ভ নকৰোঁ। চিন্তা কৰি থাকোঁতেই হঠাৎ মনত পৰিল! জেৰীক ফোন কৰিলেও হবচোন! মই লগে লগে জেৰীৰ নাম্বাৰ ডায়েল কৰিলোঁ।

সিফালৰ পৰা ফোন ৰিছিভ কৰিলে। "হেল্লো, কোৱা!", জেৰীয়ে কলে। "হেল্লো, তোমালোক আহিলা নেকি?", মই সুধিলো। "তোমালোক মানে? মইতো আহিলো। এতিয়া ফৰ্ম কালেক্ট কৰিলোঁ অফিচৰ পৰা!", তাই মোৰ প্ৰশ্নৰ অসম্পূৰ্ণ এক উত্তৰ দি কলে। "আৰু তাই? তাই আহিলনে নাই!", মইও থোলা খুলিকৈ প্ৰশ্নটো কৰিলোঁ! "কিয়? তাইক ফোন কৰি সুধিলেই হল চোন!", জেৰীয়ে কলে। "মই কৰিব নোৱাৰোঁ! বুজা না! তাই আহিলনে কোৱাচোন?", মই মোৰ অক্ষমতা প্ৰকট কৰি উত্তৰ দিলোঁ। "আহিলে ও! খবৰো লাগে, আকৌ ফোনো নকৰে! কি যে মানুহ!", তাই কলে। মই খবৰ পাই শান্তিৰ নিশ্বাস এৰিলোঁ। ফোন কটাৰ সময়তে স্বপ্নিল আৰু জুপল উভতি আহিল। চাহো দি থৈ গল।

আজি প্ৰথমবাৰ জুপলে কোনো আপত্তি নকৰাকৈ খোজ কাটি ফুৰিবলৈ মান্তি হল। অন্যবাৰ আমি জোৰ- জবৰদস্তি নকৰিলে এটা খোজোঁ আগ নবঢ়াই। তাৰ এনে

আকস্মিক পৰিবৰ্তনৰ কাৰণ গম নাপালোঁ। খোজ দিলোঁ বাগানলৈ বুলি। ৰিজাল্ট এনাউন্স কৰিবলৈ এতিয়াও এক ঘন্টাতকৈ অধিক সময় বাকী আছিল। আমি স্টেডিয়োমৰ কাষৰ ৰাস্তাটোৰেদি আগবাটিলো। টিচাৰ্ছ এচোছিয়েশ্যনৰ আজি কিবা কম্পিটিছন চলি আছে। অলপ সময় তাকে চাই পুনৰ খোজ দিলোঁ বাগান অভিমুখে। আমি খালী হাতেই আগবাটি আছোঁ অকল স্বপ্নিলে খোজ দিয়াৰ লগে লগে মবাইলো পিটিকি আছে। কালৈনো কি মেচেজ দি আছে চাবলৈ এবাৰ তাৰ কাষ চাপি গলো। আৰু মই কাষ চপাৰ উমান পায়েই তাৰ মোবাইল পকেটত সোমাল। মই জোৰ কৰাৰ পিছতো সি আৰু মোবাইল পকেটৰ পৰা নুলিয়ালে। আমি ইতিমধ্যেই পানী টেংকিটোৰ ওচৰ পাইছিলোগে!

বাগানলৈ সোমাই যোৱা ৰাস্তাটোৰ ওচৰ পাইয়েই মই ৰখি দিলোঁ। আমাৰ মুখে মুখে গছ জোপাৰ তলতে তাই ৰৈ আছিল জেৰীৰ সৈতে। মই ৰৈ যোৱা দেখি স্বপ্নিলে ঠেলি আগুৱাই লৈ গল। জুপল কিয় আজি আপতি নোহোৱাকৈ আহিবলৈ মান্তি হল এতিয়া কাৰণটো বুজিলো। আমি দুয়ো দুয়োকে এবাৰ চাই তললৈ মূৰ কৰি ৰৈ থাকিলো। " এতিয়া সুধি লোৱা আহিছে নে নাই? ফৰ্ম ললে নে নাই?", জেৰীয়ে মোক উদ্দেশ্য কৰি কলে। স্বপ্নিলেও তাইক উদ্দেশ্য কৰি একেটা কথাই দোহাৰিলে। কিন্তু তথাপিও আমি দুয়োৰেও এষাৰো মাত নিদিলো। " চাওঁ মবাইলটো খুলি দিয়া তোমাৰ ?", স্বপ্নিলে মোৰ মবাইল বিচাৰিলে। মই হাততে ধৰি আছিলোঁ সি তাৰ পৰাই লৈ ললে , লক খোল খায়েই আছিল। সি তাতে কিবা উলিয়াই তাইলৈ মোবাইলটো আগবঢ়াই দিলে। আৰু তাইৰ মবাইলটো জেৰীয়ে মোলৈ আগবঢ়াই দিলে। মবাইলৰ স্ক্ৰীনত কল লগ ওলাই আছিল আৰু মোৰ নাম্বাৰ তাৰে একেবাৰে ওপৰত। মই নাম্বাৰটোত ক্লিক কৰি চালোঁ। মোৰ দৰেই অৱস্থা! ৰিং হোৱাৰ আগতেই কাটি কাটি থৈ দিয়া হৈছে। মই সেইবোৰ চাই থকাৰ মাজতে জুপলে এইবাৰ মাত লগালে, " কি বুজিলা দুয়োটাই ? দুয়োটাৰ একেই অৱস্থা! কিন্তু কথা নাপাতে। কথা পাতিবলে ইমান মন তথাপিও কথা পতা নাই! কিয় বা? " এইবাৰো উত্তৰ নিদিলো। ঠিক উত্তৰ নাছিল আমাৰ ওচৰত।

"এতিয়া কথা পাতা দুয়োটাই! আমি অকনমান আঁতৰি যাওঁ বাৰু!", তিনিও আমাক কথাষাৰ কৈ আঁতৰি গল। জেৰীয়ে যাওঁতে তাইক ঠেলা এটা মাৰি থৈ গল আৰু তাই আহি মোৰ বুকুতে খুন্দিয়াই ৰলহি। মই তাইক চম্ভালিবলে আগৰ অভ্যাসেৰেই সাৱটি ললো। তাইয়ো সোমাই পৰিল মোৰ বুকুৰ মাজত। ইমান দিনৰ থং ক্ষোভ এতিয়া একো নাছিল। মাথোঁ অনুশুচনা আছিল। তেনেকৈয়ে ৰৈ থাকিলো দুয়ো, মইও হাত টিলা কৰি নিদিলো আৰু তাইও আঁতৰি নগল।

" মই সিদিনাখন তেনেকৈ কথা কব নালাগিছিল! মই গমেই পোৱা নাছিলো তোমাৰ ঘৰৰ কথা! বেছি বেয়াকৈ কৈ দিলোঁ! তোমাৰ কবিতাবোৰৰ কথাও বেয়াকৈ কলো। তোমাৰ অন্তৰত কি চলি নজনাকৈয়ে মই কি কি যে কৈ নিদিলো তোমাক! ", তাই কলে মৌনতাৰ পৰা আঁতৰি আহি। " একো নাই! সেই সময়ত পৰিস্থিতিয়েই তেনেকুৱা

আছিল। মইও আগদিনাখনৰ মানুহবোৰৰ খং তোমাৰ ওপৰতে উলিয়াই দিলোঁ। তোমাক শান্তিৰে বুজাবলে চেষ্টাও নকৰিলোঁ। আচলতে মইতো তোমাক কোৱাও নাছিলোঁ আগদিনাখনৰ কথা! কলে কিজানি তুমি বুজিলাই হেঁতেন! এইবোৰ মোৰ ভুলতেই হেছিল!", মইও মৌনতা ভাঙি উওৰ দিলোঁ। " নাই নাই, আচলতে তোমাৰো ভুল নহয়! ভুল বুজাবুজি হে গেছিল! কিন্তু মই তোমাৰ লগত ইমান দিন এনেকৈয়ে কথা নপতাকৈ থাকিলো! আজি জেৰীয়ে নুকুৱা হেঁতেন কাৰণটো মই আজিও গম নাপালোঁ হেঁতেন! আচলতে মই তেতিয়াই কথাটো তোমাক সুধি লব লাগিছিল!", তাই কলে। " নাই নাই! ভুল মোৰেই আছিল। মইয়েই সিদিনাখন ফোনটো কাটি দিছিলোঁ, হয়তো কথা পাতি থকা হেঁতেন কথা ইমানলে আগেই নাবাঢ়িল হেঁতেন। ", মই অনুতপ্ত হে কলো। মনটো ভীষণ বেয়া লাগিছিল। " কিন্তু ফোন কৰিবলে দুয়োৰেই চেষ্টা কৰিছিলোঁ! নোৱাৰিলো তেতিয়া! হব দিয়া! আগলে নকৰোঁ এনে! বলা অলপ আগবাটি যাও! বহদিন কথা পতা নাই! বিৰাট মন গেছে। ", তাই কলে। মই নিশব্দে তাইক সাৱটি খোজ দিলোঁ।

ভুল দুয়োৰে আছিল। তাতেই সমস্যা আছিল। সমস্যা সকলোতে থাকে মাথোঁ তাক সমাধান কৰিব পাৰিব লাগে। সমাধানৰ অন্তত ওলাই আহে ফলাফল আৰু ফলাফলে নিৰ্ণয় কৰে ক্ষমতা। সঠিক পথেৰে সমাধান কৰিলে লাভদায়ক হয় আৰু ভুল পথেৰে সমাধান কৰিলে লোকচান দায়ক। আমাৰ সমস্যাটোৰ সমাধান হৈ গেছিল। স্বপ্নিল, জেৰী আৰু জুপলে সমাধান প্রণালীৰ কৰি থৈ যোৱা অংশটোৰ সহায়ত আমি সমাধান কৰিচিলোঁ সমস্যাটিৰ , সঠিক পথেৰে। তাইক বুকুৰ মাজতে সামৰি লৈছিলোঁ। চুলিকোচা থুতৰিত লাগিছিল আৰু তাইৰ হাতে মোৰ কঁকালৰ কাষটো মেৰিয়াই ধৰিছিল। মোৰ হাত দুয়োখনে তাইক সাৱটি আছিল। এতিয়া তাই অনগৰ্গল ভাৱে কৈ আছিল কথা আৰু মই শুনি আছিলো। সিহঁত তিনিও উভতি আহি আমাৰ কাষ পাইচিলহি। দূৰৰ পৰাই জিলিকি আছিল তিনিওৰে হাঁহি! আমি দুয়োও হাঁহিছিলো। ডেৰ মাহে নুশুনা মাততটিক শুনি শুনিও হিয়া শাঁত পৰা নাছিল।

"ৰোমাঞ্চ কৰিবলে ইহঁতৰ পৰা শিকিবা! চোৰাচোন কোনে কব বাৰু এই অলপ আগলেকে যে দুয়োটাই কথাই পতা নাছিল।", জেৰীয়ে আমাৰ ওচৰ আহি পায়েই কলে। "ৰিজাল্ট ওলালে ঔ বোপাইঁত! দুয়োটাই কথা নাপাতি নাপাতি ছেভেন পইন্ট থ্ৰী পালেগৈ! আৰু আমি কথা পাতি পাতিও নাপালোঁ! ", জুপলে হাঁহি হাঁহি কথাষাৰ কলে। আমি সকলো হাঁহি পৰিলোঁ। " বলা এতিয়া পাৰ্টি খুৱাই দিবা দুয়োটাই! আজি তোমালোকৰ সব ভাল হৈ গেছে! বলা বলা! খালী কেন্টিনত নহব বিপনিলৈ বলা!", স্বপ্নিলে জুপলৰ কথাষাৰৰ সেতে সুৰ মিলাই এইষাৰ কলে। আমি আপতি নকৰিলোঁ। সকলোৱে বিপনীলৈ বুলি খোজ দিলোঁ। খং - ক্ষোভ, ৰাগ - দ্বেহ এই সকলোৰে লগত ফাৰ্ষ্ট চেমিষ্টাৰো পিছত থাকি আহিল। প্রত্যেকটো খোজৰ সেতে আমি নতুন চেমিষ্টাৰ আৰু নতুন এক অধ্যায়ৰ মাজলে বুলি সোমাই গলো। এক নতুন উদ্যম , নতুন আশা, নতুন

সপোন লৈ খোজবোৰ আগবঢ়াই দিছিলোঁ।

সপোন লৈ খোজবোৰ আগবঢ়াই দিছিলোঁ।

সমাপ্তি

ডায়েৰীখন গাই শেষ কৰিলোঁ। সকলোৰে চকুত আনন্দৰ চিন। দুই প্ৰেমিকৰ বিচ্ছেদ নঘটাৰ বাবে আনন্দিত সকলো। মই ডায়েৰীখন জপাই কাষত থৈছোঁহে এনেতে পুনৰ কলিং বেল বাজিল। আমি কাণ উনাই বহি ৰলো। বাহিৰত কবি চাহাব আৰু মাৰ কথা - বাৰ্তা চলি আছে। আৰু তাৰ মাত শুনিয়েই ভিতৰত বহি থকা সকলোৰে দুয়ো পাৰি দাঁত দেখুৱাই দেখুৱাই হাঁহি আছে। আৰু সিহঁতৰ লগতে মইও হাহিছো। এপাকত কবি চাহাব দুৱাৰ ঠেলি সোমাই আহিল।

" তইঁতটো কোনোপধ্যেই জমা হে কিতাপ পঢ়া মানুহ নহয়!!", সি দুৱাৰখন বন্ধ কৰি লৈ কলে। " চাওঁ মোৰ ডায়েৰী দে! ডায়েৰী পঢ়িবলৈ আহি, ভাল থুৰীক কিতাপ পঢ়িবলৈ আহিছে বুলি ফাকি দি থৈছ!", সি মোৰ হাতৰ পৰা ডায়েৰীখন লৈ নিজৰ বেগত সুমুৱাই সুমুৱাই কথাষাৰ কলে। আমাৰ দাঁত কেইটা এতিয়াও জিলিকিয়েই আছিল। " হব দে বাৰু! পঢ়িলি যেতিয়া পঢ়িলি।", সি কথাষাৰ কৈ কৈ বেগটো চকীত থৈ বিচনাতে বহিল।

" আচ্ছা, এই গোটেইখিনি সঁচা নে তই সাজি মেলি লিখিছ? ", ৰনীয়ে নিজৰ সন্দেহ দূৰ কৰিবলৈ তাক পুনৰ এবাৰ সুধিলে। " কৈ দে অ, এইবোৰ সব মিছা বুলি! মই এতিয়াও তোৰ নিচিনাকৈ singleয়েই আছোঁ বুলি কৈ দে। বেচেৰাই মনতে শান্তি পাব!" পাৰভেজে ৰণীক আকৌ এবাৰ কামোৰ দি কথাষাৰ কলে। তাৰ কথা শুনি সকলোৰে গিৰ্জনি মাৰি হাঁহিবলৈ লাগিল। সেই মুহূৰ্তটোৰ বাবে মন - প্ৰাণ খুলি হাঁহিবলৈ লাগিল।